Fan
ファン文庫

万国菓子舗　お気に召すまま

薔薇のお酒と思い出の夏みかん

著　溝口智子

JN155115

マイナビ出版

Contents

登場人物

Characters

村《むら》崎《さき》荘《そう》介《すけ》

『万国菓子舗《ばんこくかしほ》　お気に召すまま』店主（サボり癖あり）。
洋菓子から和菓子、果ては宇宙食まで、
世界中のお菓子を作り出す腕の持ち主。
ドイツ人の曾《そう》祖父譲りの端整な顔だちにも、ファン多し。

斉《さい》藤《とう》久《く》美《み》

『お気に召すまま』の接客・経理・事務担当兼〝試食係〟。
子どもの頃から『お気に召すまま』のお菓子に憧れ、
高校卒業後、バイトとなった。明るく元気なムードメーカー。

斑《まだら》目《め》太《た》一《いち》郎《ろう》

フード系ライター。荘介と由岐絵の高校の同級生。
『お気に召すまま』の裏口から出入りし、
久美によく怒られている。

安《あん》西《ざい》由《ゆ》岐《き》絵《え》

八百屋『由辰《よしたつ》』の店主で、荘介の幼馴染み。
既婚。一人息子の名前は、隼人《はやと》。気っ風のいい、肝っ玉母さん。

藤《ふじ》峰《みね》透《とおる》

久美の高校時代の同級生。大学で仏教学を専攻。
荘介に注文した乳粥で開眼し、飛行機恐怖症を克服する。

International Confectionery Shop

Satoko Mizokuchi

万国菓子舗お気に召すまま

薔薇のお酒と思い出の夏みかん

溝口智子

王様だあれ

一月一日、空は青く澄み渡り、町はいつもと違ってしんとして空気まで新しくなったかのようだ。走っている車も少なくて、町中のほとんどの人が休みを満喫しているだろう。

そんななか、一人の青年が新年のあいさつもそこそこに、人気《ひとけ》のない商店街を抜けて歩いてきた。すっきりとした風貌とやわらかなウエーブを描く栗色の髪が、彫刻のような美しさを醸しだしているその青年は、レトロな作りの一軒の菓子店に入っていく。

青年が彫刻のようだとしたら、その店はドールハウスのようで、時代を感じさせる木造の平屋建て、ステンドグラスが嵌《は》まった出窓や真鍮《しんちゅう》のノブがぴかりと光るドアなどが来客を待ちわびている。しかし今日は定休日。青年は裏口へ回る。軽バンが停まっている車庫の奥、引き戸の鍵を開けていると後ろから声をかけられた。

「あけましておめでとうございます、荘介《そうすけ》さん！」

「あれ、久美《くみ》さん？　どうしたんですか、今日は休みですよ」

「もちろん、お手伝いしに来ました！」

「試食しに来た、のまちがいではないですか」

「もちろん、そうに決まっとうやないですか」

「では、新年初試食、美味しいお菓子を作りましょう」

　荘介と呼ばれた青年はほがらかに笑った。

村崎《むらさき》荘介は『万国菓子舗《ばんこくかしほ》　お気に召すまま』の店主だ。三十代前半で祖父から受け継いだ『お気に召すまま』を切り盛りしている。

　福岡の繁華街、天神《てんじん》から電車で十分ほどのところにある一風変わった店名のこの店は、大正時代から歴史を刻み、近隣に多くの常連を抱えている。店にやってくる奥様方の中には、見目麗しい荘介のファンが何人もいる。もちろん純粋にお菓子の味で『お気に召すま』の虜になっている人の方が多数ではある。

　今日はそんな店の噂を聞きつけて〝予約注文〟をした客の期待にこたえるために、荘介は正月休みを返上して出勤してきた。

　同じく休みだというのに出勤してきたアルバイト店員の斉藤《さいとう》久美は、売り子から事務・経理までなんでもこなす有能さだが、自分の一番の仕事は新商品の試食にあると思っているふしがある。高校を卒業してから四年間、店で働き続け試食係の任務を遂行してきた。けれど今日は試食だけでなく、重要な使命を帯びている。

「荘介さん、頼まれていた王冠って、こんな感じで良かとですか？」

　久美が持っていた袋から紙製の金色の王冠を取りだしてみせる。頭の上にちょこんと乗っかる小さめの王冠は久美の手製だが、きらびやかな出来映えは素人仕事には見えず、ちょっとした気品すら感じさせた。

「はい、上出来です。さすが久美さん、仕事が早い」

「任せてください！　手こずったけど、がんばった甲斐がありました」

久美は肩の上で髪を踊らせ、ぴょんと跳ねる。小柄な体いっぱいに詰まったエネルギーが溢れだしそうに元気だ。荘介は白いコックコートを身につけると、きりりと真面目な表情になった。

「では、ガレット・デ・ロワを作っていきましょうか」

＊＊＊

その注文は一昨日、年の瀬も押し迫った十二月三十日の閉店直後にやってきた。

「あのう、もうお店閉まっちゃいましたか？」

店の扉に『謹賀新年』と書いた紙を貼り付けていた久美の背中に、女性が声をかけた。

上品な服を着て、高そうなバッグを持っているのに、なぜかくたびれた印象を受ける女性だった。三十代後半くらいに見えるのだが、まとっている空気は驚くほどに老けている。

「申し訳ありません、今年の営業は終わりまして」

「予約だけ、お願いできませんか」

女性は申し訳なさそうに肩をすくめて小声で言う。

「はいっ！」

年の最後に舞い込んだ予約に久美は大喜びで、カランカランとドアベルを鳴らして扉を開け、女性を店内に招き入れた。

「こちらでは注文したらどんなお菓子でも作ってくださると聞いたのですけど」

「はい！　ご予約いただけたらなんでも。この店にないお菓子はありません」

『お気に召すまま』は注文されたお菓子はどんなものでも作る。アメリカ、アフリカ、ヨーロッパのお菓子、物語や映画に出てきたもの、懐かしい思い出の中だけのお菓子でも美味しく作りあげてみせる。それは店主である荘介のモットーで、久美はそんな店主の姿勢を尊敬していた。

女性はほっと息をつくと、腕にかけているバッグから一冊の雑誌を取りだしてページを広げてみせた。

「このお菓子をお願いしたいの」

そのページにのっていたのはガレット・デ・ロワの大きな写真。パイのような茶色のホールケーキで、表面には植物の葉の模様がかたどってある。

「新年を祝う王様のケーキ、ですか。フランスの伝統菓子」

久美が雑誌の文字を読みあげると、女性は深く頷いた。

「お正月にぜひ欲しいんです」

「お正月って、一月一日ですか？」

「いえ、三日なんですけど、お店のお休みはいつまでですか？」

「三日までですが、大丈夫ですよ。ご予約をいただければ、休みの日でもご用意いたしますので」

久美は予約票を差しだしながら説明する。女性は『平松沙織《ひらまつさおり》』という名前と、『お気に召すまま』から少し離れた町の住所を書いた。

「博多区からわざわざお越しいただいたんですか？」

「ええ。すごく美味しいっていう話を聞いて、ぜひ食べてみたくって」

「それは、ありがとうございます。とっておきをご用意しますね」

久美の言葉に頷いた沙織は、カバンの中から小さな包みを取りだした。

「それで、フェーブはこれを使って欲しいんです」

「フェーブ？」

沙織は雑誌の中の一文を指差してみせる。久美はその文章を読み上げる。

「『このお菓子の中にはフェーブという陶器製の人形が一つ隠され、それを引き当てた者に紙製の王冠が贈られる』……え、人形を入れるんですか？」

沙織は包みの中から小指の先ほどに小さな学ランを着た男の子の人形を取りだした。

「わあ、かわいい！　小さいのに表情まではっきりしてますね」

「私が作ったの、息子をモデルにね」

「じゃあ、息子さんのためのケーキなんですか？」

「ええ。中学生で、もうケーキを喜ぶ年齢でもないんだけど」

沙織は人形を手の平でころころと転がしながら寂しそうに呟く。

「あの子も昔は素直だったのに」

久美は首をかしげる。沙織は取り繕うように笑うと、人形を予約票の上に置いた。

「それでね、人形が入っている場所が私にだけわかるように目印をつけてほしいんです」

「え？　わかっちゃっていいんですか？」

「息子の誕生日ケーキだから、王冠を息子にかぶせてやりたいんです。誕生日くらいは口を利いてくれるかなと思って」

ズルをするようでなんとなく腑に落ちないが、そのまま、久美は注文を受けた。


新年の厨房でそんな経緯を聞きながら、荘介はお菓子を作る前に、まずケーキの上面を彩る意匠をデッサンしはじめた。円の中心から外に向かって何枚もの細長い葉っぱが伸びていく。葉脈もきちんと描き入れた左右対称の美しいものだった。

「荘介さん、それはなんの植物ですか？」

「月桂樹《げっけいじゅ》です。月桂樹の葉は栄光を意味するシンボルです。王冠をかぶる者にふさわしいモチーフだからか、ガレット・デ・ロワにはよく使われます」

そうして書き終えた月桂樹の葉の一枚だけに、葉脈を二本増やした。せっかく対称な図形がそこだけ崩れ、全体的に不安定な印象になってしまう。

「あー……、もったいないなか」

久美は眉を八の字にして、完璧な図形が失われたことを悲しんでみせた。荘介はそんな久美の顔を見ておかしそうに笑ってから、試作のためのパイ生地づくりに取り掛かる。

薄力粉と強力粉を合わせバターを小さくちぎりながら加え、手ですり合わせて混ぜる。冷水を加えて大まかにまとめる。表面がなめらかになったら丸く成形し、十字に切り込みを入れ冷蔵庫で寝かせた。

生地が馴染んだら、バターを包んでいく。四角に伸ばし広げた生地に、正方形に伸ばしたバターをのせる。次に生地の四隅をバターの中心に向かって折り込む。

麺棒で縦長の三倍の長さに伸ばし、三つ折りにして、九十度まわしてまた三倍伸ばし、三つ折りにする。

層になった生地を冷蔵庫で休ませる。

「パイ生地って伸ばしてばっかりですね」

「何層にも重ねてから焼くとバターから水蒸気が上がって層と層の間に隙間が生まれる。それがサクッと崩れるような歯触りになるんだ。そのためには生地もバターも均等に何度も伸ばす必要がある」

「水蒸気が関係するって、なんだか科学的です」

「お菓子作りは科学だよ」

喋りながらも荘介の手は止まらず、クレーム・フランジパーヌを作っていく。

「クレーム・フランジパーヌってどういう意味ですか」

「もともとは人の名前だそうだよ。アーモンドクリームとカスタードクリームを合わせたものだけれど、イタリアからフランスに嫁いだカトリーヌ・ド・メディシスの供をしたセザール・フランジパーニの名前から取ったという説があるんだ。彼が手袋にビターアーモンドの香水をつけていたところから菓子職人が着想を得たという話なんだよ」

「そう聞くとクリームから、アーモンドじゃなくてヴェルサイユの香りがしそう」

久美の感想を楽しげに聞きながら荘介はクリームを練っていく。

カスタードクリームの材料は牛乳、卵黄、グラニュー糖、薄力粉、バニラビーンズ。牛乳と、バニラビーンズからこそぎだした種子と、バニラのさやを丸ごと入れた鍋を沸騰直前まで温める。

ボウルで卵黄、グラニュー糖を白っぽくなるまですり合わせ薄力粉を加える。

温まった牛乳をボウルに少量ずつ入れていき、目の詰まった濾《こ》し器でこして、とろりとするまで中火にかける。

アーモンドクリームはバター、全卵、粉砂糖、アーモンドパウダーで作る。

バターをクリーム状にし、粉砂糖を加える。

その中に溶いた卵を少しずつ入れて、全体がまとまったら、アーモンドパウダーをダマにならないように丁寧に撹拌《かくはん》していく。

冷蔵庫で冷やし固めたものを、ヘラでなめらかにまとめる。

二つのクリームを合わせて、クレーム・フランジパーヌはでき上がり。

浅いパイ型に十分に休ませたパイ生地を貼り付け、クレーム・フランジパーヌを乗せてフェーブ代わりの小豆《あずき》を置く。その上にパイで蓋をして、月桂樹の模様を描く。

「小豆があるところがぽっこり膨らんでますよ、バレちゃいますよ」

「大丈夫。焼くとパイが膨らむからね、フェーブの在《あ》り処《か》は見えなくなるよ」

それなら一安心、と久美は厨房の隅の椅子に腰かけた。

荘介は模様を描き終えたパイに空気穴を開けてオーブンに入れる。焼けるまでの間にグラニュー糖を水に溶かして火にかけ、シロップを作る。

パイが焼き上がるまでの時間を、久美が淹《い》れた紅茶を飲みながら待った。

「ねえ、荘介さん。王冠をズルして手に入れて、嬉しいでしょうか」

「それは人それぞれだろうけれど。平松さんの息子さんは中学生なんだよね。もしかしたらズルはバレバレになるかもしれないね」

「絶対、バレますよ。そういうの態度で伝わりますもん」

荘介は久美の日ごろの鈍さを思って首をひねった。


焼き上がりのガレット・デ・ロワの上面にシロップを塗る。ジュウッという音と甘い香りが厨房いっぱいに広がる。

「綿菓子みたいな香り。それに焼き色にツヤが出て美味しそう」

「シロップがある程度乾いたらでき上がり。温かいうちに食べてみましょう」

「はい！」

久美はいそいそと小皿とフォークを準備して、わくわくを抑えきれず小さく左右に揺れている。荘介はそれを微笑ましく見ながらパイにナイフを入れた。

「ふわあああ、バニラとクリームのいい香り。たまりません」

自分の小皿のガレット・デ・ロワにフォークを突きさして、ふと久美は真顔になった。

「荘介さん、これ、当たりやないと？」

「あれ、気付きましたか。小豆が切り口から見えていますか？」

「そうじゃなくて。荘介さん、ものすごく期待した目で見とるけん。きっと大喜びするだろうな、って考えてませんでした？」

荘介は溜め息をついた。

「久美さんの言ったとおりですね。態度でバレるんだ。これは困りましたね」

腕組みして考えこんだ荘介を放ったまま、久美はいそいそと試食した。

「美味しい！　ほかほかのパイの中にとろっとしたクリーム！　単純なのに、ううん、単純だからこそ、かな？　ぎゅっと美味しさが詰まってるみたい。クリームが、温かいアイスクリームみたいに口の中でとろけます」

「クレーム・フランジパーヌはなめらかさが命だからね」

久美の好評に、荘介も悩みを一時中断してお菓子に手を伸ばした。

「アーモンド、卵、バター、素材の味はそれぞれ知ってるはずなのに、その中のどの味も見つけ出せないです。全部が一つの味になって迷わず口の中にやってきます」

はぐはぐと食べ進んでいた久美のケーキの断面から小豆がころりと転がり出た。

「あ！　当たりの小豆が出ましたよ、荘介さん」

つまみ上げて荘介の目の前に差しだしてみせる。荘介は手を叩いてやった。

「おめでとうございます。今日の王様は久美さんですね」

「ありがとうございます。八百長だとわかっていても、結構、嬉しいですね」

素直にきゃっきゃとはしゃぐ久美を見て、荘介はぽんと手を打った。

「久美さん、お願いがあります。王冠をもっと作ってください」

上機嫌な久美は軽く「はい」と返事をした。

＊＊＊

平松家の正月におせちはない。中学生の息子、健《たける》と小学生の娘、瑠璃《るり》は毎年おせちを一口も食べないし、夫はお酒さえ飲めれば食べるものはなんでもかまわないのでおせちにも大して興味がない。そんなわけで沙織は数年前からおせち作りをやめてしまった。それでもごちそうを用意しようと奮発した元日のカニ鍋も健はスープをちょっと飲んだだけ、二日のちらし寿司には箸もつけず、お腹を満たすためにカップラーメンばかり食べていた。

子どもたちはそれぞれゲームをして、夫はテレビを見て、皆ばらばらに過ごしている。子どもたちがもっと小さかった頃は、こんなことはなかった。沙織はキッチンで一人、そっと溜め息をついた。

「何してんの」

健が冷蔵庫を開けながら声をかけてきた。

「晩ご飯の支度をしようかなって。ねえ、今夜何が食べたい？」

「なんでもいい」

健は機嫌の悪そうな声を出す。最近はずっとこんな調子だ。

夫は「反抗期なんだろう、返事をするだけまだマシだ」と言うけれど、沙織は納得がいかない。親に冷たいのは成長している証拠なのだと分かってはいるが、寂しい気持ちはどうしようもない。どうにかして小さい頃のように笑って話しかけてほしかった。

「なんでもいいって、何かない？　誕生日だもの、好きなものなんでも作るわよ」

「カップラーメン」

言い捨てるとジュースのペットボトルを持って健はキッチンから出ていった。沙織はまた溜め息をついた。

結局、夕飯は娘のリクエストでハンバーグになった。瑠璃ははしゃいでいたが、健はむっつりと食べものを口に突っ込んでいる。ほとんど嚙まずにハンバーグだけ飲み込むと、他のものには手をつけず無言で席を立った。沙織は慌てて健を呼びとめる。

「あ、ちょっと待って」

健は不機嫌な顔のまま振り返る。

「ケーキがあるの。変わったケーキよ。みんなで食べましょう」

夫と娘はまだハンバーグを食べているがかまわない。テーブルの上にガレット・デ・ロワと王冠をのせる。

「ケーキの中に当たりが一つ入ってるの。当たった人が今日の王様よ」

葉っぱの模様を傷つけないようにケーキを四つに切り分ける。夫と娘に先に配り、次に、久美から聞いていたとおり葉脈が二本多い模様のところを健に渡そうと手を伸ばした。

「どうせ俺のが当たりなんだろ」

冷たい声で健が言う。

「わざとらしいんだよ、こんな紙きれの冠でご機嫌取ろうなんて。俺はもう、そんなガキじゃねえんだよ」

「違うのよ、これは……」

「お、お父さん当たったぞ」

驚いて夫の方を見ると皿の上、ケーキの断面から小人の人形が顔を覗かせていた。

「わあ、私も当たり！」

「え？」

見ると、瑠璃もケーキの中から王様の人形を掘り当てている。健は無言で沙織の手から皿を受け取ると、立ったままフォークでケーキをぐちゃぐちゃにほぐしていく。

「これって……」

ころりと出てきた人形が自分に似せてあるのを見て、怒ったような、それでいて泣きそうな表情になった。沙織がなんと声をかけていいかわからず黙っていると、瑠璃が明るい声を上げた。

「お母さんのケーキは当たり？」

沙織は自分の分、最後のピースにフォークを立てた。コツンとした手ごたえがある。掘りだしてみると、小さなお姫様の人形が出てきた。

「私も、当たり……」

驚いて、それ以上言葉が出てこない。

「みんな大当たりだね！　ねえ、王冠誰がかぶる？」

「そう言えば、予備があったわ。戸棚に……」

沙織がキッチンに行こうとすると健が止めた。

「俺、取ってくるよ。母さんはケーキ食べてたら」

久しぶりに息子から「母さん」と呼ばれて、沙織は思わず泣きそうになった。戻ってきた健は三つの王冠を夫、沙織、瑠璃それぞれに手渡し、自分はテーブルの上の王冠を手に取った。夫と瑠璃は喜んで王冠をかぶったが、健は王冠を手で弄ぶだけでかぶらない。

「冠が一つじゃなくて残念だったね、お兄ちゃん」

「別に」

「でも、なんでお兄ちゃんの分だけが当たりだって思ったの?」

「俺のだけ模様の線が二本多かったから」

「えー、どれも同じに見えたよ。いつ数えたの? 葉っぱの線いっぱいあったのに」

「昼間だよな、健」

父の言葉に健が驚いて目を剥いた。そのまま、かあっと赤くなる。

「こっそりキッチンにケーキを覗きに行ってたもんなあ」

「知らねえよ!」

怒鳴った健は足音高く部屋を出て行ったが、ケーキの皿は持ったままだった。

「これ」

キッチンで夕食後のかたづけをしている沙織に、健が声をかけた。驚いて振り向くと、健はケーキがのっていた皿を突きだしている。ケーキは欠片も残さずきれいに食べられていた。

「……美味かったよ」

それだけ言うと健はぷいっと顔を背けてキッチンから出て行く。耳が真っ赤になっていて、照れているのがよく分かった。健がケーキを全部食べてくれた。沙織の顔に喜びの笑顔が広がっていく。ガレット・デ・ロワの優しい味が健にも伝わったのだと、沙織は『お気に召すまま』の紙袋を大事に畳んで胸に抱いた。

翌日、いつもは朝食を食べない健が食卓に顔を出した。沙織はぱっと明るい表情になり健に話しかけた。

「おはよう、今朝はご飯食べるの？」

健は無言で席につくと、むっと黙ったまま瑠璃の皿からトーストを奪って食べはじめた。

「あー！　お兄ちゃんが取ったあ！」

「すぐ焼くから待ってて。健も目玉焼き食べるでしょ」

返事はなかったが、健はトーストを食べ終わっても席を立たなかった。瑠璃は脹《ふく》れっ面《つら》でサラダを口に詰め込んでいる。夫はにこやかにコーヒーを飲む。

沙織は家族が揃って食卓にいることが嬉しくて体がはずむように感じた。そして同時に自分の子どもの頃の食卓を思いだした。

そういえば私も中学生の頃は親なんて面倒臭いって思ってたのだった。朝ご飯もろくに食べなかった。あれが私の反抗期だったんだなと、健の姿を自分の昔の姿と重ねて、沙織はくすぐったいような、恥ずかしいような気持ちになった。

健がもっと大きくなったら、どんな顔をして少年時代を振り返るのだろう。

「お待たせ、たくさん食べてね」

沙織が子どもたちの前にトーストを置くと、瑠璃はふざけて健からトーストを奪った。

健は知らんぷりしていたが少しだけ頬がゆるんだことに沙織は気付く。

　キッチンのかたづけを終えて、子どもたちがリビングでゲームをしているうちに掃除をすませてしまおうと健の部屋に向かうと、珍しくドアが開けっぱなしになっていた。いつもなら「入るな」と言わんばかりに閉め切っているのにと不思議に思って部屋に入ると、机の上に昨夜の王冠が置いてあった。その王冠の真ん中に、健に似せた人形が、ちょこんと立っていた。クリームをきれいに拭きとられて、窓から差しこむ光を反射して光っている。まるで明るく笑っているようだ。沙織はそっと机に近寄ると、人形の頭を優しく撫でた。

　昨日より今日、今日より明日、子供たちは少しずつ大人になっていく。冠はかぶらなかったけれど、健は確かに沙織の気持ちを受け取ってくれた。来年の誕生日には、健はどれだけ成長して、どんな王様になっているだろう。

　そのときにはまた『お気に召すまま』で、魔法のようなガレット・デ・ロワと王冠を四つ注文することにしよう。沙織は楽しみで、少女のように胸躍るのを感じていた。

宝石と薔薇《ばら》

閉店後、かたづけをしていた久美は濃厚な薔薇の香りに顔を上げた。寒い二月の店内に、季節外れの薔薇の花園が現れたかと思うほどのふくよかな香りだった。

その匂いをたどって厨房に顔を出すと、荘介が二リットル容量の大きな瓶から薔薇色の液体を汲みだしているところだった。

「あ、それ！」

久美の声に荘介はにっこりと答える。

「できましたよ、薔薇のお酒。味見しますか？」

「はい！」

昨年の初冬に仕込んだピンクの薔薇のリキュールをグラスに数滴そそぎ、久美に手渡す。とろりとして、ゆったりと揺れる薔薇酒はまるで、『ふしぎの国のアリス』に出てくる飲み物のように「私を飲んで」と誘っているようだ。久美はグラスに鼻を近づけて香りを胸いっぱいに吸い込んだ。

「いい匂ーい。それに濃い薔薇色できれーい」

荘介もグラスを取り、滴《しずく》を口に含む。

「うん、上出来だ。これなら文句なしだね。薔薇の女王、ダマスクローズを使った甲斐があります」

「すごい……。口の中で花が咲いたみたい。なんだかすっごく幸せです」

薔薇のお酒を口にした久美はうっとりと目を瞑った。

「薔薇の香りには幸福感をもたらすゲラニオールという成分があるからね。リラックス効果もあるし、ホルモンバランスを整えて美肌にもいいんですよ」

「女性に嬉しい香りなんですね。このお酒、香りだけじゃなくて味もすごくいいですし」

「それに媚薬《びやく》効果もあるらしいよ」

「媚薬？」

驚いて荘介を見上げた久美に、荘介はいたずらっぽく笑って付け加える。

「いつもより素敵ですね、久美さん」

久美は真っ赤になって視線をさまよわせた。

「からかわないで下さい！」

久美はほてる頰に手を当てて、荘介と目を合わせないようにしている。荘介は満足げにくすりと笑ってグラスを置き、薔薇酒の瓶の蓋をしっかりと閉めた。それでもまだ厨房には薔薇の香りが満ちあふれている。

「久美さんのお墨付きもいただけたし、さっそく作ろうかな」

「何をですか？」

「チョコレートボンボンですよ」

「バレンタインの主力商品は薔薇のボンボンですか！　なんだかわくわくしますね！」

「わくわくしながら売ってもらえたら売れ行き良さそうだね」

荘介はにこにことチョコレートの準備を始める。冷蔵庫からチップ状のカカオマスを取りだしていると久美が横から覗きこんだ。

「いつものクーベチュールチョコレートじゃないんですね」

荘介は自慢げに胸を張る。

「今年から手間をかけて、カカオマスを使って作っていきます」

「カカオマス？」

「うん。この一見チョコレートみたいなものだけど。カカオマスの状態だと食べても美味しくないんだ。ざらざらするし苦味だけがある感じだね」

「ふーん。でも、ある程度素材ができてるんだったら、あっという間にできちゃいますね」

「いや、これから三日かかるよ」

「三日!?」

久美が目をむいたが、荘介は手を動かしながら淡々と説明する。

「これから砂糖や粉乳を混ぜて、口当たりをなめらかにするレファイニングとコンチングという作業をするんだ。レファイニングでなめらかになったチョコレート生地を練るコンチングという作業に、三日かけるんだ」

「三日間も寝ずに働くと？」

「そう。僕じゃなくてコンチェがね」

「コンチェ？」

荘介は厨房の隅に置いてある銀色のソフトクリーム機のような機械を指差す。

「あれが働いてくれます」

「なんだか見たことのない機械なんですけど」

「はい。買いました」

久美は、はぁっと溜め息を吐く。

「新しい機材を購入する時は相談してくださいって言ってるのに……」

「大丈夫、美味しいチョコレートを作るから、元はすぐに取れますから」

「そういう問題じゃないんですけど」

まだ続きそうな経理担当の久美のお小言を遮るように、荘介は時計を見上げる。

「久美さん、そろそろ上がる時間じゃないですか？」

「もう、話をはぐらかそうとして。分かりました。私、帰ります。お疲れ様でした」

「はい、お疲れ様」

裏口から出ていく久美を見送って、荘介は作業を始めた。

細かく刻んだカカオマスと砂糖、カカオバターをまとめて湯せんにかけ、混ぜて漉《こ》すというレファイニングの作業を繰り返していく。何度も舌でざらつきを見てなめらかになるまでそれを続ける。やがて納得のいくなめらかさになり、荘介はコンチェにあとを任せて帰宅した。

それから三日間、昼も夜も休みなくコンチェは働き続けた。その働きっぷりを、久美は何度も楽しそうに覗きに来た。コンチェが止まる頃には、今度はチョコレートの甘い香りが厨房内を満たした。ランチを終えて店に帰ってきた久美が厨房に顔を出した。

「荘介さあん、その匂い、チョコレートが食べたくなりますぅ」

荘介は笑いながら昼食と一緒にコンビニで買ったチョコ菓子を久美に差しだす。久美はしぶしぶ、といった様子でもそもそとチョコ菓子を食べた。

「さて。そろそろ手作業に戻りますよ。テンパリングを……っと、その前に型をどれにするか決めないとね」

荘介は戸棚から何種類もの型を取りだして並べる。久美もお菓子の袋を置いて調理台に寄ってきた。

「やはりバレンタインと言えば、ハートですよね」

荘介の言葉に久美は大きく首を横にぶんぶんと振る。

「薔薇のお酒ですよ！　大人の味ですよ！　ハートは子どもっぽすぎます！」

「そうですか？　じゃあどれがいいかな」

聞かれて久美は腕組みしながら型を見ていく。クマや花はもちろん違う。貝殻型もちょっと違う。シンプルな丸型や正方形も惜しいけれど違う。

「ダイヤ型、これいいんじゃないでしょうか」

「どうして？」

「女性の好きなもののカップリングです。宝石と薔薇」

「なるほど。ではダイヤ型にしましょう」

方針が決まり、久美はコンビニ菓子を平らげて店舗に戻った。

荘介は長く働いたコンチェを止めた。チョコレートの温度を計り、ボウルに入れて湯せんをして四十五度にする。マーブル台の上にチョコレートを垂らし、カードという板状の器具で混ぜ合わせながら冷ましていく。

チョコレートは温度管理が重要なお菓子だ。荘介は細心の注意で何度もチョコレートの温度を計る。適温の三十五度になったら型取りをしていく。

型にチョコレートを満たしてしばらく置き、中心部分はボウルに流し戻して、枠だけのチョコレートを作る。ボウルは湯につけ三十五度をキープする。

枠のチョコレートが完全に固まる間に薔薇のゼリーを作る。鍋で煮溶かしたゼラチンに薔薇酒を混ぜる。

「荘介さん、チョコレートの予約が入りましたよー」

閉店より少し前、久美が厨房に顔だけ覗かせて話しかけた。

「へえ、早いですね」

「最初のお客様は大箱でご注文くださいました。バレンタインにはスイーツ女子会を開くそうですよ」

「それはまた華やかでいいですね。それより久美さん、予約受付の貼り紙をしたんですか？」

「いいえ、まだです。お客様は薔薇のいい香りがしたから、欲しくなったっておっしゃってましたよ」

「香りで集客できましたか。焼鳥屋か鰻《うなぎ》屋のようですね」

「それはあんまり乙女っぽくない例えですね」

「乙女だって鰻くらい食べるでしょう」

「匂いには釣られないいんじゃないですか、乙女だし」

乙女談議に花が咲いている間に薔薇のゼリーもチョコレートも固まった。チョコレート枠のなかにゼリーをつめ、板状のチョコレートで蓋をして糊づけもチョコレートでする。

「なんだかチョコ工作ですね」

「そうだね。来年はチョコレートでお城でも作ろうか」

「いいかもしれません！　私、設計図書きますね！」

久美はいそいそと店舗に戻るとチラシの裏に、なかなか上手なお城の絵を描きはじめた。

「いくらなんでも気が早いですよ」

子どものようにはしゃぐ久美に苦笑しながらも、荘介の作業の手は止まらない。薔薇の香りは密やかに、次々とチョコレートの中に隠されていった。

＊＊＊

「…………」

ショーケースの前で固まったまま、その男性客は既に三十分立ち尽くしていた。

品の良いスーツに身を包み、おしゃれな髪形の四十代手前くらいに見えるその男性は、一見するとイイ男だ。それなのに、どこか残念な雰囲気をまとっている。そんなことを考えながら、久美は作り笑顔の頬が限界を迎え、ぴくぴくと引きつってきたことを自覚した。

サラリーマンの客は珍しくない。商店街の中でも駅にほど近い『お気に召すまま』のお菓子は家庭への手土産はもちろん、会社で取引先への心遣いとして使われることも多い。

今回もそういう客だろうと当たりを付け、領収書を書く準備をすませた久美だった、が。

「…………」

サラリーマンはピクリとも動かず、俯き加減にショーケースの中のチョコレートをにらみ付けている。

街はまさにバレンタイン一色。スーパーやコンビニの店頭にはチョコレートが山と積まれ、デパートの催事場では有名パティシエが実演付きで芸術品と見まがうほどのチョコレートを作りあげている。当店でも例に漏れず、チョコレートの品ぞろえを増やしてはいるのだが。

サラリーマンは動かない。

カランカランと扉のベルを鳴らして、荘介がもはや日課になってしまっている放浪から帰ってきた。普段ならサボりに出ていた荘介にお小言を繰りだす久美だが、今日は違った。

「荘介さ……、店長、お帰りなさい！」

久美はショーケースに両手をついて身を乗りだし、荘介を歓迎する。熱烈歓迎された荘介は、きょとんとして立ち止まる。久美はこっそりと客のサラリーマンを指差した。

「いらっしゃいませ」

荘介が声をかけると、サラリーマンはハッとして顔を上げた。

「贈りものですか？」

「や！　そ、そんなわけないじゃないですか！　バレンタインっていったら女性から男性にチョコを贈る日ですよ！　どうして男の僕が女性にチョコをプレゼントするんですか！

そんな、そんなこと、そんな……こと……」

男性はうなだれて眉を寄せた。

「そんなこと、変ですよね……」

そういうと男性はおいおい泣きだした。荘介と久美は顔を見合わせて眉を寄せた。

男性は鹿島《かしま》と名乗った。ご丁寧に差し出されたその名刺には天神から私鉄でひと駅の薬《やく》院《いん》にあるオフィスビルに入っている一流企業の名前が書かれていた。

「おしゃれなところにお勤めなんですね」

久美は明るく言ったが、鹿島はどんよりと曇った目で俯いてしまった。

「うちの会社は実力主義で、男だろうと女だろうと若かろうと中途採用だろうと実力があれば評価される……ということになってますが、それは建前です。結局は縦型の男社会。男は年を取ればそれなりの地位につけますが、女性は男性の三倍の成績を上げないと評価なんてされない。そんな会社で同い年の鬼塚《おにつか》さんは怒濤《どとう》の早さで係長になり、異例の若さで課長になった人です。僕は彼女を尊敬しています」

そう言って、鹿島は苦虫を嚙みつぶしたような表情を浮かべた。

「会社は全然わかってないんです。鬼塚さんの能力は、そんじょそこらの男性社員じゃ逆立ちしたって敵わないというのに。彼女はもっと早く出世できた人なんだ。僕達を束ねられるのは彼女しかいない。それは本当なんです。けれど……」

うなだれたまま、ちらりと久美の顔を見やる。

「こんなことを言うと女性蔑視と見られるかもしれません。ですが僕は、まだまだ花の盛りなのに恋人も作らない彼女を、もったいないと思ってしまうのです。他の女子たちは日々合コンだの婚活だのと浮かれています。それなのに彼女には仕事だけ……」

その言葉に久美は目を吊り上げたが、荘介は久美に手振りで口を挟まないようにと伝えて鹿島に向き直った。

「鹿島さんは女性はやはり家を守るべきだと？」

「いえ！　僕はそんな決して鬼塚さんに家にいてほしいとか僕の帰りを待っていて欲しいとかスカートをはいてほしいとか、あまつさえ鬼塚さんが赤ちゃんを抱いて僕と並んでお宮参りしている姿を見たいだとか思っているわけでなく……！」

久美は呆れてショーケースの裏に戻った。コーヒーを淹れ、テーブルに運ぶ。荘介は鹿島の震える手にチョコレートをのせたトレイを差しだした。

「……これは？」

鼻声の鹿島に荘介はにこりと笑って答える。

「当店の新商品『宝石と薔薇』です。薔薇の女王と言われるダマスクローズのお酒をゼリーにして包みこんだダイヤのチョコレート。誇り高い方に贈るには最もふさわしいチョコレートと自負しております」

鹿島はふいっと横を向き、つまんでいたチョコレートをトレイに戻した。

「そんなすばらしいチョコレート、僕には関係ありません。僕にチョコレートをプレゼントしてくれる人なんていないんですから……」

荘介は優しく笑うと鹿島の手を握り、もう一度チョコレートをのせた。

「バレンタインの語源はイタリアの聖者バレンティヌスにあると言われています。イタリアではバレンタインは愛する人へ贈りものをする日で、決して女性から男性へと限定されたものではないんです」

「そ、そうなんですか」

「むしろ男性から女性に花束をプレゼントすることが多いと聞きます。女性から男性へのプレゼントと限定するのは日本的な思い込みなのかもしれません」

「そ、そうですよね……。最近は女性が自分のためだけに買う自分チョコも多いらしいと聞きますもんね」

「愛しいと思う心に男性も女性もありません。勇気を持って気持ちを伝えることはすばらしいと思いませんか」

「愛しいだなんて！　僕はそんなこと、そんな、鬼塚さんのきりっとした眉がすてきだとか、じつはちょっと抜けてるところがあるのが嬉しいだとか、酔うと笑い上戸になってかわいいとか、そんなこと思っているわけでは！」

久美はなおさら呆れて帳簿整理を始め、荘介は面白くてしかたがないといった表情で鹿島の演説を聞いている。

「僕は仕事ができる方ではありません。いつも鬼塚さんに叱られてばかりです。けれどその叱る姿もまた、いい！」

鹿島はうっとりと目をつぶり、両手で頬を包みこんだ。その表情は恍惚《こうこつ》として『鬼塚さん』から叱られているところを反芻《はんすう》しているように見える。

「凛々《りり》しい彼女に贈りものをささげる。……なんだかすごく自然な気がしてきました。彼女ほどチョコレートの山に埋もれるのが似合う女性はそうはいない！　ああ、鬼塚さんに、イタリア人に負けないくらい熱い、この思いを届けたい」

鹿島はガタンと椅子を鳴らして立ち上がった。

「僕の思いを届けるために、特別なチョコレートをください！」

「特別な……。そうですね、こういうのはどうでしょう」

荘介は厨房に引っ込むと、ワックスペーパーと細い口金の絞り袋を持って戻ってきた。テーブルにワックスペーパーを置き、絞り袋からホワイトチョコレートを細く絞りだして小さな蝶を描く。ホワイトチョコレートはすぐに固まった。荘介はその蝶をダイヤのチョコレートの上にのせた。

「おお……、きれいだ」

鹿島が溜め息まじりに呟く。

「では、やってみましょうか」

「え？」

「この世でたった一つ、鹿島さんが思いを込めてデコレーションしたチョコレートをプレゼントしましょう」

「僕がやるんですか？」

「はい。ありったけの思いを込めて」

鹿島はしばらくきょろきょろと目を泳がせていたが、真っ白な蝶を見下ろして深く息を吸い込んだ。

「やります！　鬼塚さんにふさわしいチョコレート、僕が作ります！」

ガッツポーズで決意表明した鹿島を、荘介は小さな拍手で応援した。


荘介と鹿島は厨房に場所を移した。荘介はホワイトチョコレート以外にもピンク、水色、色とりどりのチョコスプレー、銀色の小さな粒のアラザンなどを準備した。

「さあ、鹿島さん。どれでもお好きなものを使ってください」

鹿島は真っ先にホワイトチョコレートの絞り袋を手にとった。

「僕も蝶を描きたいです」

そう言ってワックスペーパーにホワイトチョコレートを絞りだす。細い口金から白い糸状になったチョコレートが勢いよく迸《ほとばし》り、渦を巻いて積み上がった。鹿島は途方に暮れたという顔で荘介を見る。

「……なんの形でしょうか、これ」

「幾何学模様かもしれませんね」

「蝶に見えますか」

「見えませんね」

「どうしましょう」

「力を入れすぎですから、もう少しそっと優しく握って絞りだしてみてください」

鹿島は何度も幾何学模様を作りだし、二度、ホワイトチョコレートをお代わりした。厨房を覗きにきた久美は鹿島の不器用さに半ば呆れ、失敗を繰り返しても諦めようとしないひたむきさに感心もした。

一時間ほど格闘してようやくホワイトチョコレートを上手く絞りだせるようになった鹿島は次は蝶を描こうと新たな戦いを始めた。しかし生みだされるのは心理学などで使われるロールシャッハテストの曖昧な模様のような出来で、どこか禍々《まがまが》しさすら感じさせた。

しかし鹿島は嬉々《きき》として蝶を描き続ける。久美はこれが渡される場面を想像するとその先に明るい未来が見えなくて、そっと口を挟んだ。

「……鹿島さん、他の模様も試してみませんか」

鹿島は手を止めずに返事をする。

「他のというと？」

「もっと簡単な、丸とか三角とか」

「それで熱い思いは伝わりますかね？」

うーん、と言って久美は首をひねる。そこへ荘介が助け船を出した。

「では、こういうのはどうでしょう」

ホワイトチョコレートでうずを巻くように円盤を描き、その上にアラザンを点々と置いて模様を描いていく。

「蝶だ！」

「これならだいぶ難易度が下がるでしょう」

荘介はホワイトチョコレートの円盤をいくつも作ってやり、鹿島は腕まくりしてアラザンをその上に並べた。少々いびつではあったが、なんとか蝶の形に見えなくもないものができ上がった。

「や、やった」

三匹の蝶を作り終えた鹿島の肩から力が抜ける。調理台にすがりついてなんとか立っているといった状態だ。久美は三つだけしかでき上がらなかった円盤の蝶と鹿島を見比べる。

「えっと、もう終わりですか?」

「これ以上は……僕には……無理です」

ぜえぜえと肩で息をしながら鹿島はしゃがみ込んでしまった。荘介は鹿島の肩を優しくぽんぽんと叩いてやった。

「チョコレートが三つなのは、バレンタインに最適ですよ」

「どうして……ですか?」

まだ息が整わない鹿島が尋ねる。

「薔薇の花束は、贈る時の本数でも花言葉が変わるんです。まあ、これはチョコレートですが。ちなみに三本の薔薇は『愛しています』とか『告白』の意味になります」

「愛していますだなんて、そんな! 僕はただ鬼塚さんのことが好きで好きで仕方がないだけで……」

「そういうのを、世間では愛しているっていうんじゃないでしょうか」

「いえ、僕はそんな告白したいとか、あまつさえいい返事が欲しいとか……」

繰り返される不毛な言葉は放っておいて、久美はでき上がった蝶がのったチョコレートを包装するために店舗に移動した。

チョコレート四粒用の箱の残り一つのスペースに、サービスの砂糖漬けの薔薇の花びらと、砂糖菓子の葉っぱも入れる。荘介が薔薇の花びらには『あきらめないで』とか『希望』という意味があると言ったからだ。果たしてそれは効果があるのだろうか、と鹿島の後ろ姿を見送りながら久美は軽く溜め息を吐いた。鹿島はそんな久美の胸中など知ることなく嬉々としてチョコレートの入った紙袋を抱えて店を出ていった。

「はー……」

「どうしたんですか、久美さん。溜め息なんかついて」

かたづけを終えて厨房から戻ってきた荘介が首をかしげる。

「鹿島さんの上司の女性は本当に大変だなって思って……」

「大変ですか？」

「大変ですよ」

「なんで？」

「鹿島さん、チョコレートの領収書、持っていったんですよ」

「……それは大変な部下を持ってしまったね」

彼の恋心が伝わる日はいつか来るのだろうか？　なんだかその日を想像できなくて、二人は曖昧な笑みを交わした。

雛《ひな》の宴《うたげ》

お客の来ない平日の昼下がり、暇を持て余した久美はスーパーのチラシで折り紙を始めた。季節は二月の下旬。少しだけ先取りしてお雛様を作ろうかと考えたのだ。

「いいやん、かわいいやん」

自画自賛して今度は包装紙の余り紙で本格的に折りだす。青の男雛と赤の女雛を折ってショーケースの上に並べて立てかけたところへ、カランカランとドアベルを鳴らして、白髪頭の少し腰が曲がった女性が入ってきた。八十代くらいだろうか、茶色のフリーパンツに、紫の花柄の茶色のセーターを着ている。

「いらっしゃいませ」

久美のあいさつにちょこんと頭を下げて、ふと折り紙のお雛様に視線を留めた。

「あら良かあ、雛まつりのお菓子んあると？」

そう言いながらショーケースを覗き込むが、そこに雛まつり関係のお菓子は並んでいない。女性はがっかりして肩を落とした。

「今はありませんが、ご注文いただければなんでもご用意いたします」

女性はちょっと首をかしげて紙の雛を見つめ、にっこりと頷いた。

「お菓子で、さげもんを作ってくれんかね」

「さげもん、ですか」

「うちのまんちんの、はなおかっつぁんになんなさるごて、おはなで船乗りこみして喜びばあげんなっとっが」

「えっ、えっ？」

「うちがぶしょうもんのしりのおむかけん、さげもんのいっちもこさえてなかごつ、その子のぐらぐらしてから」

「えっ、えっ、えっ？　すみません、あの……」

久美があわあわと両手を小さく振りながら女性の言葉を遮る。

「なーん」

「あの、すみませんがその、言葉が……」

「そげんかわからんがね。しょーんなか」

「あの、あの……」

「藤谷《ふじたに》さん、そのくらいで勘弁してあげてください」

荘介がくすくす笑いながら厨房から顔を出した。

「あら、荘介ちゃん、いたの」

「はい。お久しぶりです、藤谷さん。五年ぶりじゃないですか？」

「そんなにご無沙汰かねえ。柳川《やながわ》に戻って、なかなかこっちには出て来なくなっちゃって。最近は通信販売が便利だろう。天神辺りのデパートに買い物に来ることもなくなってね」

「今は柳川にいらっしゃるんですね。水郷《すいごう》の空気のせいでお元気なんですね」

「ははは、おかげさまで肌もぴちぴちよ」

すいすいと訛《なま》りのない言葉で喋る藤谷夫人を、久美はぽかんと口を開けて見つめている。

その様子が面白くて荘介と藤谷夫人は揃って久美を眺めた。

「あの、さっきの訛りは？」

久美が尋ねると、藤谷大人は、さも嬉しそうに頷きながら説明した。

「さっきのは筑後《ちっご》弁《べん》よ。うちは柳川で生まれ育ったからね、筑後弁はばりばりよ」

「でも、標準語も喋《しゃべ》れるんですね」

「そりゃそうさ。主人が転勤族だからね、日本中移り住んだから言葉も覚えたよ」

あっけにとられた久美の口は、なかなかふさがらない。喋りながらも口が開きがちだ。

その様子に、やや同情した荘介が口を挟んだ。

「藤谷さんは人をからかうのがお好きで、小さい頃は僕もよくからかわれていましたよ。とくに方言で人をからかうのが得意でいらっしゃる」

久美は頰をふくらます。怒った顔の久美を藤谷夫人は手を叩き腹を抱えて笑った。

「ひどいです」

「ごめん、ごめん。だってあんまりかわいいから、つい、ね」

藤谷夫人はひとしきり笑い続けた。その間に久美はサービスの緑茶を淹れてやり、夫人は涙を拭きながらお茶をすすった。

「あー、面白かった。荘介ちゃん、この子なかなかいい反応するわねえ、気に入っちゃった。毎日楽しかろ」

荘介はさも嬉しそうに頷きながら、久美を見やる。

「本当に久美さんは素直ですよね」

久美は褒められているのか、けなされているのか判断がつかず、その言葉はスルーして、藤谷夫人の前に予約票を差しだす。

「ご予約はさげもんのお菓子、でおまちがいないですか?」

「ないけどさ。あんた、さげもんってわかる?」

久美は申し訳なさそうな表情で小首をかしげる。

「すみません、知らないんです」

「柳川ではね、女の子が生まれると小さな飾り物をたくさん吊るした縁起物を作るんだよ、毬《まり》とかウサギとか赤や黄色の縮緬《ちりめん》でね。吊るし飾りの一種さね。それが、さげもん。本当は孫娘が生まれたときにうちが作ってやらなきゃいけなかったんだけど、ほら、なんと言っても不器用だから。でも今度その孫が結婚するから、嫁入り道具の代わりに持たせてやりたくてねえ」

「そんなに難しい飾りなんですか?」

「うちにとってはな。毬を縫ったり、ウサギやら赤ん坊の人形やらこさえたり、とてもとてもできん。うちの娘がまた、うちに輪をかけたぶきっちょで、むごく縫いやらんで」

方言が出だした藤谷夫人に、久美はまたあわあわとなって荘介に助けを求めるように顔を向けた。荘介はくすくす笑って夫人の言葉を止めた。

「藤谷さん、ずいぶん筑後弁がナチュラルになられましたね」

「おっと、いけんね。毎日毎日、筑後弁に曝《さら》されとるがね、うつるよね、本当に。孫娘なんて若いのにべらべら、筑後弁でさ、あれでよく婿《むこ》がとれたよ」

夫人は喋りながらも予約票に住所や電話番号を書いていく。久美はデキる店員らしい笑顔で予約票を受け取った。それからしばらく夫人は筑後弁を披露して、それにひるむ久美の素顔の慌てっぷりに満足したらしく「ほんなら、お菓子ば待っとうばい」と筑後弁で明るく言って帰っていった。


店のドアが閉まると、久美は大きな溜め息を一つ吐いた。

「どうしたんですか、久美さん」

「どうしたじゃないですよ。さんざんからかわれて疲れました。荘介さんも面白がって助けてくれないし」

荘介は楽しそうにあははと笑って聞き流す。久美は夫人が使った茶碗をかたづけながらぶつぶつ言い続ける。

「なんでこのお店には私をからかう趣味の方ばっかり集まるんでしょうね。どこかに優しくしてくれる人がいてもいいのに」

「優しくって、どんなふうに？」

久美は人差し指をあごにあてて、宙を見つめて考える。

「そうですねえ。知らないことを教えてくれたり、困ったときには相談に乗ってくれたり、美味しいものを食べさせてくれたりする人で……」

それではまるで荘介ではないか、と思い至った久美は、途中で言葉を切る。ちらりと荘介を見やると、素直に久美の次の言葉を待っている様子だった。

「なんでもないです」

荘介は首をかしげたが、それ以上追及はせず予約票を手にとった。

「それにしても、さげもんのお菓子ですか」

「さげもんって、飾り物なんですよね。それに見立てたお菓子ってことでしょうか。荘介さんはさげもん、見たことあります？」

「一度ね。親戚の結婚式で柳川に行ったときに。柳川藩主立花《たちばな》家の屋敷だった『御花《おはな》』という料亭で披露宴が行われたんだけど。そこに新婦のさげもんが何本も飾られていたよ。お母さんとおばあさんが手作りするそうで、縮緬で作られた縁起物《えんぎもの》がたくさん赤い糸で繋がれて吊るされてた。飾り物もほとんどが赤だったな」

「やっぱりお嫁入りは紅白ですもんね」

「お雛様も赤が基調だしね」

「それで、ご注文いただいたさげもんのお菓子は、柳川名物だったりするんでしょうか？」

「いや、僕が知っている限り、そうではないはずです。さげもんの毬をかたどったお菓子は柳川の和菓子屋さんで見たことがありますが」

「じゃあ、そんな感じで作ったらいいんですね」

荘介は腕組みをして首をひねる。

「そのとき見たのは練りきりで、日持ちがしないものでした。せっかく飾り物の形に作るんだから、しばらく飾れるものがいいよね」

「飾れるお菓子ですか。吊り下げられるようにするんですか？」

荘介はレジの横に置いてある包装用の赤いリボンを、目の高さから一メートルほど垂らしてみたが、渋い表情で棚に戻した。

「そのまま吊るすと湿気で美味しくなくなる気がします」

「なにもそのままじゃなくても。透明な袋に入れればいいじゃないですか」

「しかし、それだと風情がなくなるよね。結婚のお祝いです。披露宴には出なくても新居にいらっしゃる訪問客も多いでしょう」

久美は荘介が適当に置いたリボンをきれいに巻き戻す。ぴったりと左右ズレれずに巻かれていくリボンを感心しながら見ていた荘介の目が、ショーケースの上の折り紙雛に吸いつけられた。

「久美さん、このお雛様は？」

「あ、それ季節の飾りにしようかなって折ってみました」

チラシで作られた他の雑多な作品もじっくり見ていた荘介が顔を上げる。

「折り紙、得意なんですか？」

「得意ってほどではないですけど、好きですよ。立体的なものを折るのが好きで、小箱とか、チューリップとか、くす玉とか」

「それ、たくさん折ってください」

荘介はそう言い残すと、紙を仕入れに商店街へ買いだしに出かけた。何やら分からない久美は折る練習でもしておこうと古新聞を出しに倉庫へ向かった。


荘介が買ってきたのはA3くらいの大きさの赤や黄色、金色など華やかな色の紙。千代紙や美しい色彩の和紙もある。荘介はそれらをテーブルに置くと厨房に入って働きだした。

久美がそちらを覗くと、調理台の上には既に材料が並べられていた。白餡《しろあん》、卵、水飴《みずあめ》、それと、もち米を原料に作られる寒梅粉《かんばいこ》。荘介は白餡を計量して卵黄と混ぜると、鍋に入れて火にかけ、さっと練りだした。

「荘介さん、何を作るんですか？」

「桃山です。黄色い生地で黄身餡を包んで焼いた、ほっくりした味わいのお菓子だよ。型どりしやすいから、かわいらしい形の物をいくつか作ろうと思って」

「かわいらしい型があるんですか？　木型ですか？」

「いや、手で成形するよ」

鍋の黄身餡が固まってきたら火から下ろす。三分の二を生地にするためボウルに取る。そこに寒梅粉と卵黄を加えていく。

濡れ布巾で乾燥させないようにしながら薄黄色の生地で餡をくるむ。丸く成形してから円盤状につぶす。一口大より少し大きな円盤を一つ、それよりぐっと小さな円盤を五つ、それと鳥やウサギに形作ったものを五つずつ。計十一個の、おもちゃのようにチョコンとした桃山ができ上がった。

「すごーい！　この小ささが、愛らしさに拍車をかけますね」

荘介は小さい方の円盤型の桃山に竹串で模様を描いていく。七宝毬《しっぽうまり》、六弁《ろくべん》の花、鶴と亀、打ち出の小づち。

大きな円盤には立ち雛の絵が描かれた。

「さて、久美さん。ここからは久美さんの出番ですよ」

成形が終わった桃山をオーブンに入れながら荘介が言った言葉に、久美は首をかしげる。

「試食ですか？」

「違います。まず先に試食が来るところが久美さんらしくていいと思うけど。今は折り紙をいろいろたくさん折ってください」

「何を折ればいいんですか？」

荘介は親指と人差し指で円を作る。

「さっきの桃山が入る、一口大より二回り大きい、これくらいのサイズの立体的なものを折ってください」

久美は店舗に戻ると、色とりどり、様々な紙の中から明るい色の紙を選びだし、ツノコウバコを折った。台形の香箱の口のところ、四辺から外へ向けて三角形のツノが飛びだす。立体のチューリップは本物そっくりに形を整える。大きな金色の紙で手の平大の蓮《はす》の花を折る。蓮の花びらの真ん中にポケットのようなくぼみができる。他にも小さめに紙を切って、桜や菊、薔薇、羽が繋がった鶴などきれいなもの、縁起のいいものを折っていく。

「うわ、久美さん、折りましたねえ」

無言で折り続けていた久美は、荘介の声に顔を上げた。ショーケースの上は折り紙の花園になっていた。

「つい夢中になっちゃって」

「うん、これだけあれば足りるかな」

「足りるって、何にですか？」

荘介はオバケ型の折り紙を手に取ってしげしげと眺める。

「さげもんを作るんですよ。でもオバケはちょっと使えないかな」

「立体的なものって言ったのは、毬の代わりですか。それならくす玉も折ります！」

久美は嬉々として千代紙を選んで折りだした。

「くす玉もいいけど、ああ、この折り紙の箱がいい。これに桃山を入れて吊るしましょう」

「それならこのチューリップにも入りますよ」

二人は和気藹々《あいあい》と焼き上がったきれいな卵色の桃山をビニール袋で包み、ツノコウバコに入れた。小さなお菓子がカラフルな小箱にすっぽり入った様子はとてもかわいらしい。

その桃山入りの箱を赤い糸で繋いで吊り下げ、箱と箱の間に鶴や花、くす玉などを挟んで華やかに飾っていく。

「桃山って卵色で、ぜんぜん桃っぽくないのに、なんでこんな名前なんでしょう」

荘介は蛙の折り紙をぴょんぴょん撥ねさせて遊びながら答える。

「諸説あってどれが本当かわからないんだけど、京都の伏見城跡に桃が植えられて、桃山という地名になった、そこで売っていたことから名前がついた、という説が多く知られてるみたいだね」

久美は一メートルほどの長さになった飾りものを大きな金の蓮の花に繋いでいく。赤ちゃんのベッドの上に吊るすモビールのようなさげもんができ上がる。

「お城のお殿様が食べてたんですか？」

「なるほど、それは新説としていいかもしれない。けれどお殿様が食べたわけではなく、住んでいた桃山城の瓦の模様に似せて作られたというのが今のところ一般的な解釈ですね」

「説はいろいろでも、どれも京都の桃山というところが由来なんですね。京都出身のお菓子だけに、美味しいですよね、しっとりほろほろで。美味しいですよね、しっとりほろほろで。美味しいですよね、しっと……」

「そんなに繰り返さなくても大丈夫ですよ。それは久美さんの分です」

「本当ですか！　やった」

久美はお菓子入りさげもんを高々と掲げてくるくると回った。


柳川までの配達に、久美も同行することになった。

店のバンに乗ってぽかぽか日差しが温かい昼下がり、高速に乗らず一時間半、のんびりと藤谷家までドライブした。

「柳川って鰻のセイロ蒸しが有名ですよね」

「北原白秋の生家があることでも有名だよ」

「どじょうの柳川鍋もあるんですよね」

「『御花』の歴史資料館では立花氏の歴史に触れることもできるよね」

「『御花』といえば、松濤園《しょうとうえん》を見ながらの鰻のセイロ蒸しですよね！」

赤信号でブレーキをかけながら、荘介は軽く溜め息をついた。

「負けました。帰りに柳川で美味しいものを食べていきましょうか」

「はい！」

満面に笑みを湛えて謎の鰻踊りを披露する久美を横目で見て荘介は微笑んだ。

「なんですか、荘介さん。私の踊り、変でした？」

「すごく変です」

両手を高く突き上げて、ふるふるさせる久美を、荘介はやわらかな笑みで止めた。

「……僕は今、久美さんが助手席に、隣にいてくれて、本当に良かったと思っています」

久美は拳をそっと下ろすと荘介の横顔を見つめた。微笑を湛えてまっすぐ前を見ている荘介に、もう憂いの影はない。過去に囚われていた冬はもう終わった。

『万国菓子舗　お気に召すまま』と書かれたバンはまっすぐに走る。一足早い春のお祝いをしているようなドライブだ。

「せっかくだから、柳川城跡のお堀を巡る川下りもしましょうか」

「いいですね！　私、川下り初めてです」

はしゃぐ久美を見ながら、荘介はやさしく目を細めた。

久美が抱えたさげもんの金色の蓮の花が日差しを浴びてきらきらと光る。南に向かうバンはどこまでも、新しくやってくる季節に向かって走っていくのだった。

団子三景

カランカランという音に久美が振り返ると、大きな桜の枝を肩にかついだ斑目太一郎《まだらめたいちろう》が店に入ってきたところだった。

荘介の幼馴染みでフードライターの斑目はしょっちゅう店に入りびたっている。今日もいつも通りのジーンズ姿で桜と反対の肩には大きなバックパックをかけている。桜の枝は長身の斑目が担いでいても大きすぎるほどに立派だった。

今日はいつもより来店が早い。店の残り物目当てではないらしい。仕事の帰りかもしれないと久美は珍しくサービスのお茶を淹れてやることにした。

「どうしたんですか、斑目さん。その桜、どこから盗んできたと？」

イートインスペースの椅子に重そうなバックパックを置きながら、斑目は大仰に顔をしかめてみせる。

「久美ちゃん、いつも言うが、君は俺をなんだと思っているのかな？」

「花泥棒じゃないんですか？」

斑目は出窓に飾ってある大きな花瓶に桜の枝を挿すと両手を広げて大きく首を横に振り、態度で「やれやれ」と言ってみせた。

「公園を歩いてたら桜が勝手に落ちてきたんだよ。俺の伊達《だて》男っぷりに惹かれて離れたくなくなったんだろうな」

　斑目は、一見、伊達男と言えないことはない。顔立ちも悪くないし、長めの髪形もフリーランスっぽさを演出しているし、何より筋肉質でスタイルがいい。

　けれど久美は斑目の外見など気にも留めたことはない。久美にとって斑目は〝ちょっと困ったお兄さん〟で〝久美をからかう要注意人物〟でしかなかった。久美はテーブルにお茶を置くと、斑目が持ってきたまだつぼみが固い桜の枝に近づき、しげしげと眺める。

「本当に斑目さんが折ったんやないと？」

　斑目はジーンズのポケットに手を入れて子どものように唇を突きだす。

「折るもんかよ。『桜切る馬鹿、梅切らぬ馬鹿』って言うだろ」

「なんですか、桜バカバカって」

「略すにしても、バカばかりかぶせるのはいかがなものかと思うが……。桜は枝を切ったらそこから悪くなるから切るな。梅は切ってやらないと樹形が悪くなるし翌年の花のつき具合も悪くなるから切れ。じいちゃんやばあちゃんに教わらなかったか」

「うーん、うちはおじいちゃんもおばあちゃんも、私が小さい頃に亡くなっちゃったからわからないです」

「そうか、そりゃ残念だな」

「斑目さんのおじいさんとおばあさんは？」

　小首をかしげて聞く久美に、斑目は心から湧き出たような優しい笑みを返す。

「おかげさまで二人とも元気だ。もうすぐ八十も後半だが、まだまだ枕団子は注文せずにすみそうだ」

久美の首をかしげる角度が深くなる。

「枕団子ってなんですか？」

「知らないか？　しかたない、俺が教えてあげよう」

両手を腰にあてた斑目は偉そうにふんぞり返ってみせる。

「べつにいいです。荘介さんが帰ってきたら聞きますから」

「あいつまた放浪してるのか。帰りを待ってたら何時になるかわからんぜ」

久美は口の横に人差し指をあててしばし考え、軽く眉根を寄せてから答えた。

「べつにいいんですけど、しかたないので聞いてあげます」

「ありがとう……って、なんで俺がお礼を言うんだ」

「話したかったんでしょう？　さあ、どうぞ、存分に。うかがいますから」

たたみかける久美を納得いかない様子で半眼で見ていたが、斑目は諦めたように首を振ると説明を始めた。

「枕団子っていうのはな、亡くなった人の枕元に供える団子のことだ。仏式の通夜と葬儀のときに飾る。上新粉かなんかをこねて、蒸したり茹でたりして。数は一つだったり六つだったり四十九だったり……」

「なんですかそれ、ずいぶん適当じゃないですか。だったり、だったりって、一つにまとめてください。中途半端はきらいなんです」

　久美は斑目を強い眼差しで見つめて真剣な表情で言いつのる。斑目はぽりぽりと顎をかきながら、のんびりと答える。

「そう言われてもな。地方や宗派でも全然違うからなあ」

「それに作り方の説明も雑すぎます」

「俺はお菓子職人じゃないからなあ」

「もういいです。うちのおばあちゃんのお葬式のときには見ませんでしたし、嘘かも知れませんから」

　斑目は、さも悲しそうな表情を作ってみせる。

「愛しい久美ちゃんに疑われて俺は悲しいよ。しくしく。どうしたら俺のことを信じてくれるんだい」

「その嘘泣きにもなってない嘘泣きをやめてくれたら、ちょっぴり少しくらいは信用できるかもしれなくもないです」

「久美ちゃんは厳しいなあ」

　久美の深い疑念をたいして気にするそぶりもなく、斑目はどっかと椅子に腰を下ろすとバックパックからノートパソコンを取りだした。

「もう、斑目さん。ここで仕事しないでくださいっていつも言いよるやないですか」

「いいだろ、少しくらい。減るもんじゃなし」

「そうやけどお。今日はなんの記事を書いてるんですか」

久美も斑目の隣の椅子に座り込むと、ディスプレーを覗き込む。フードライターの斑目のパソコンのデスクトップには整理されぬままのファイルがごちゃごちゃと並んでいる。そのうちの一つを開きながら斑目が答える。

「雑誌のお花見特集を頼まれてな」

「へええ、お花見スイーツにどうぞって、うちの春のケーキものせてくださいよ」

「残念だが、今回はお花見の歴史っていう小さい記事だ。すまんな」

「なんだあ。食べ物じゃないのか」

すっかり興味をなくした、という表情を隠しもせずに立ち上がろうとした久美の袖を、斑目が引っ張る。

「お花見団子の話ならあるぜ」

「え、お団子。いいじゃないですか、お団子」

久美はすぐに食いつき、椅子に座りなおした。

「そもそも古来、花見は貴族のものだった。それが一般的に広まったのは江戸時代……」

「お団子は?」

「花見団子がとりいれられたのは豊臣秀吉の醍醐《だいご》の花見からで……」

「そんなことといいですから、お団子の味とか、匂いとか何かないと?」

せっかくの蘊蓄《うんちく》をじゃまされて斑目はちょっぴりむくれた。

「ない」

「えー。つまらん」

「久美ちゃんはいつもいつも俺の言葉を遮るが、たまには最後まで……」

「あ、おかえりなさーい」

カランカランとドアベルを鳴らして荘介が帰ってきた。またまた言葉を遮られ、斑目は本格的にむくれた。

「どうしたの、その桜の枝。立派だね」

「斑目さんが盗んできました」

「花盗人は罪になるんだよ、斑目」

斑目はすねた表情のまま二人の軽口を無視して、パソコンに向き合った。

「あれ、今日はご機嫌が悪いね」

荘介は面白がって、すぐ側まで近づいて斑目の顔を覗き込む。斑目は無視してものすごい勢いでキーボードを叩きはじめる。荘介は思う存分、斑目の顔を見て、満足して顔を上げると、楽しそうに久美に尋ねた。

「斑目と何か話してたんじゃないの？」

「お花見団子の話を聞いてたんですけど、斑目さんがもったいぶるんですー」

斑目はガタリと椅子を鳴らして、久美に向き直る。

「もったいぶってないだろう。久美ちゃんが俺の話を……」

で口をおおった。


「荘介さん、枕団子って知ってますか？」

斑目は三度《みたび》むくれて椅子に座りなおすと腕組みして、むっつりと押し黙った。久美はそんな斑目に気付きもせず荘介を見上げ、荘介は斑目に同情しながらも笑いを隠すように手

「枕団子は上新粉をこねて蒸すだけの簡単なものです。亡くなった方の枕元に供えられる。数がいろいろなのはそれぞれに謂《い》われがあるそうだよ。じゃあ、作ってみましょうか」

厨房に移動した荘介が上新粉と湯だけを合わせてこねながら説明するのを、久美は熱心に聞いている。店舗からはカタカタと斑目がキーボードを叩く音だけが響いてくる。

「謂われって、どんなのですか？」

「追善供要の回数になぞらえて十三個とか、四十九日の四十九個とか、あとは六個とか」

生地が耳たぶほどのやわらかさになったら、麺棒のようにのばして数個にちぎる。

「六個はどんな意味なんですか？」

てきぱきと丸めた団子を小皿に乗せ、蒸し器に入れてから荘介は口を開いた。

「六個の団子を食べることで六道輪廻《りくどうりんね》を越えて成仏できるようにって意味らしいよ」

「なんですか、りくどうりんねって」

「六道輪廻ってのはだね、この世界にはここ人間界以外にも五つの世界があって……」

突然、厨房に顔を出した斑目が早口で久美の質問に答えようとした。久美は斑目のマシ

ンガンのような早口にも頓着せず、いつもの調子で言葉を返した。

「あら、斑目さん。お仕事はもう終わったんですか？」

「いや、だから久美ちゃん、最後まで聞いてくれないか」

「何をですか？」

「六道っていうのは天道、地獄道、修羅道……」

「そうだ、荘介さん。お花見団子にも由来があるんですって」

久美は無邪気に斑目に背を向け、荘介に話しかける。いつものごとく言葉を切られた斑目は、開いたままの口を久美の背中に向け、目をむいて舌を出してみせた。荘介が吹きだし、久美が何事かと振り返ったときにはもう斑目はすました顔をしている。

「斑目さん、今何かしました？」

「いいえ、何もいたしませんが」

「嘘やん。その口ぶりは嘘ついとう」

「嘘なんかつきませんことよ」

荘介は二人のやり取りを笑いながら、上新粉と砂糖を新しいボウルに入れる。やや熱いくらいの湯を入れてこねていく。こね上がったら三つに分けて、大きめの団子にまとめる。

「だいたい、斑目さんはいつも嘘ばっかりなんやもん」

「俺は生まれてから一度も嘘なんかついたことないぜ」

「ほらまた嘘つきよる」

「嘘じゃないって」

「こないだだって、鍋ものの取り皿、あのでっぱりがちょっとある丸いお椀！　あれの名前、ウンスイだって言ったやんか！」

「言ったかな？」

「あれ、本当はトンスイって名前だそうやないですか！　雲水はお坊さんのことだって笑われたっちゃけんね！」

「二つも勉強になって良かったじゃないか」

「よくありません！」

　荘介は黙々と蒸し器から蒸し上がった砂糖なしの真っ白な団子を取りだし、代わりに次の三つの団子を入れていく。

「それに水族館で買ったお土産だって言ってキクラゲくれたけど、キクラゲはクラゲじゃなくてキノコだそうやないですか！」

「でも美味しかっただろ」

「美味しかったですけれども！」

　蒸し上がった真っ白な団子を十二等分して、枕団子用の六つは丸のまま水にさらし、残り六つは指の腹で真ん中を押しつぶしたヘソ型にしてから水に放った。

「あの写真も！　嘘だったじゃないですか！」

　団子の成形を終えた荘介が久美に向き直り、口を開く。

「写真って、なんの話ですか？」

久美の動きがぴたりと止まる。

「えっとお、あのお、そのお……」

「荘介の子どもの頃の写真が見たいって言うから持って来てやったんだよ」

久美の顔がさっと赤くなり、上目づかいに斑目をにらんだ。

「でもあれ、斑目さんの高校生のときの写真だったじゃないですか」

「後ろの方に荘介も写ってただろ」

「あんなの小さくて見えません！」

「なんだ、僕の写真なら倉庫にあるよ」

「え！　本当ですか？　見たいです」

両手を胸の前で握りしめてぴょんぴょん飛ぶ久美に笑顔で頷き、荘介は斑目に視線を移して裏口の扉を指差した。

「へ？」

「取って来て、斑目」

「なんで俺？」

「僕は忙しいし、久美さんは場所を知らないでしょ」

「俺だって忙しいぞ、仕事が……」

荘介は美しくにっこりと笑う。

「取ってきてくれるよね」

「……はい」

二人のやり取りを興味津々で見ていた久美は、とぼとぼ出ていく斑目の背中を見送ってから荘介に言う。

「荘介さん、斑目さんの扱いが上手ですね」

「伊達に長く一緒にいるわけじゃないからね」

答えながら、冷水にさらしていた六個の団子の水を切って小皿に盛り、ヘソのある団子はガラスの小鉢に入れた。

蒸し器から熱い団子生地を三つ取りだしてボウルに入れ、手でついていく。

「さっきのお団子はつかなかったですよね」

「うん。枕団子は仏様のものだからね。地方によっては米粉を練るだけで蒸さない団子もあるそうなんだけど、久美さんが食べてみたいだろうから蒸しておきました」

ついた団子を水で冷ましている間に冷凍しておいたヨモギを擂《す》って漉《こ》しておく。冷めた団子を再び三つに分けて、一固まりにはベニコウジ色素を、次の固まりにはヨモギを混ぜ、最後の固まりは着色せず一口大に丸めていく。形ができたら水で濡らした竹串に上からピンク、白、緑の順にさしていく。

「おい、荘介、たまには倉庫の掃除をしろ。埃《ほこり》がひどいぞ」

裏口から一冊のノートをぶら下げて斑目が入ってきた。

「そのノート、荘介さんのおじいさんのレシピノートじゃないですか？」

荘介が斑目からノートを受け取り、ぱらぱらとめくる。

「そう、先代のものですよ。ただし、これはレシピじゃなくて日記です」

広げたノートを久美に見せる。久美はぱっと笑顔になってノートを受け取る。そのページには一枚の写真と、それにまつわる出来事が書かれていた。

「わあ、かわいい、お人形さんみたい！」

「こいつは、しょっちゅう女の子とまちがわれてな。そのたびに泣いちゃって泣いちゃって、もう大変だったんだぜ」

「ええ！　荘介さんにもそんなかわいげがあったんですか？」

「小さい頃はな。高校生時代にはもう既に、こんな性格だったが」

「あれ？　そう言えば、斑目さんは中学校は荘介さん達と別の学校だったんじゃ？」

「ああ」

「どうして小さい頃のことを知ってるんですか？」

「祖父母の家がこの近くでな。遊びに来たときに知り合ったんだよ」

「へえ、そういう幼馴染みだったんですね。小さい頃の斑目さんの写真もあるかいな」

日記帳をめくって写真を探そうとする久美の手から斑目がノートを取り上げる。

「何するんですか」

斑目は渋い表情で久美の手が届かない高さまでノートを掲げた。久美はぴょんぴょん飛んでみたが、指先さえも触れられない。

「俺の写真なんか見てもつまらんだろう」

「そんなことないです。見てみたいです」

「それよりほら、団子ができてるぞ」

久美が調理台の方に目を戻すと、荘介が冷蔵庫からソーダ水を取りだして、ガラスの器に入れたヘソ型の団子の上にそそいだところだった。

「荘介さん？　何してるんですか」

「ソーダ団子を作っています」

久美がおそるおそる器の中を見下ろす横で、斑目は嬉しそうに笑顔になった。

「おお。懐かしいな、ソーダ団子」

「斑目さん、知ってるんですか？」

「荘介のじいさんに連れてってもらったんだよ秋月《あきづき》まで。団子食べに」

「秋月ってどこですか？」

「福岡県のおへそのあたり、かな。筑前の小京都って言われる町だよ」

荘介は冷たいソーダ団子の上に砂糖を振りかけて久美に手渡す。

「美味しいんですか、これ」

斑目が大きく頷く。

「うまいぜ。俺が保証するから食ってみな」

「斑目さんは嘘ばっかりで信用できません」

「僕も保証しますよ」

「では、いただきます」

ツンと斑目に背を向けて、久美はソーダ団子をつるりと口に入れる。

「わあ、面白い。つるつるしてシュワシュワして口の中がお祭りみたいです」

久美の言葉を荘介は愉快そうに聞いている。

「夏！って感じのお団子ですね」

「その通り、さすが久美さん。これは秋月にある茶店の夏季限定商品なんですよ。清流にかけた涼み台で食べると、とても爽やかなんです」

斑目がノートをめくりながら頷く。

「そうそう。ヤマメなんかも美味《うま》かったよな」

「ええー。二人だけでズルかぁ」

「万年ダイエッターの久美ちゃんには誘惑の多いところだぜ」

にやにや笑う斑目に久美は噛みつくように反論する。

「夏は代謝が上がるから太りにくいんです！」

荘介が二人の会話に割って入る。

「では、夏になったら一緒に行きましょうか」

「本当ですか、行きたいです！」

久美が調理台に置いたガラスの器を斑目が横から取り上げ、ソーダ団子を口に入れる。

「うん、懐かしの味」

「あ、ずるい斑目さん。それ私のですよ」

「久美さん、枕団子風も食べてみてください」

久美は嬉々として今度は小皿に盛られた真っ白な団子をつまんだ。団子を口に放り込み、しばらくにこにこと噛んでいたが、次第に眉が八の字に下がっていく。

斑目がまた横から手を伸ばして白い団子をつまみとったが、久美は文句も言わない。

「うーん、味気ない。そして粉っぽい。団子というより米に近い」

「ついてないし調味料も何も入ってないからだね。生きている人が食べるものではないから味は二の次だよね」

久美がぽつりと言葉をもらす。

「私が死んだら枕元には三色団子を飾ってください」

荘介はこくりと頷くと、串団子を一本取り上げ、久美に渡してやった。

しんみりした気分を変えようと、店舗に移動して花瓶に生けた、まだ咲かない桜を見ながら三色団子を食べることになった。

「やっぱり、お花見にはお団子ですねえ。しみじみします」

「しみじみというより、もりもりだな、久美ちゃんの場合は」

久美は軽く斑目をにらみながらも手は次の串に伸びる。

「春のお花見団子、夏のソーダ団子、あとは秋と冬のお団子があったら完璧でしたね」

荘介は久美が淹れた緑茶をすすりながら口を開く。

「お花見団子はピンクが春、白が冬、緑が夏を表すと言われています」

「へえ。じゃあ、あと一個足したら四季になるのに、なんで三つだけなんでしょう」

斑目が嬉々としてテーブルに身を乗りだし久美の視線を荘介から遮った。

「それはな、春夏秋冬の秋がない、つまり飽きない。飽きがこなくて年中売れるようにっていう団子屋の願掛けさ」

久美は両手で自分の体を抱いて震えてみせる。

「荘介さん、急に寒くなりませんでしたか」

「そうですねえ、久美さん。斑目の発言は少し寒かったですねえ」

「荘介！　お前知ってるだろ、これは昔から伝わる話で決して俺のおやじギャグでは……」

「荘介さん、お花見団子、お店にも出しますか？」

「そうですねえ、季節ものですし置いてみましょうか」

「二人とも、俺の話を聞いてくれんか……」

暖かな日差しで少しだけやわらかくなった桜のつぼみが、にぎやかなお花見を微笑むように見つめていた。

愛と情熱と十字架のアーモンドケーキ

「お——ぅるあ！」

カランカランというドアベルの音をかき消す大音声で、巻き舌にならない発音のスペイン風の挨拶をしながら、自称アントニオ大島《おおしま》が万歳ポーズで店に入ってきた。

「こんにちは、大島さん」

大島は人差し指を立てると「ち・ち・ち」と言いながらその太い指を振ってみせる。

「だめだめ、アントニオって呼んでくれなきゃあ。さあ、もう一度！　おーぅるあ！」

「Ｈｏ《オ》ｌａ《ラ》！　アントニオさん」

久美が、ふふふと笑いながら返事をすると、大島は満足げに頷いた。ぷよっとした二重あごがぷるんと揺れる。

「ん！　べりー・ぐっど！　で、店長はいるかな？」

「あ、はい。お待ちください」

久美が厨房を覗くと、ついさっきまで鍋を磨いていた荘介の姿が消えていた。白いコックコートが椅子にかけてあるところを見ると、どうやらまた裏口からサボりに出たらしい。

久美は店舗に戻ると、口笛を吹いている大島に頭を下げた。

「申し訳ありません、ただいま仕入れに出ておりまして……」

肩を縮める久美に、大島は上機嫌で両手を振って見せる。

「ノー・プロブレム！　予約だけ通しておいてくれ」

「はい、承ります」

久美は予約票に大島がオーナーシェフを務める店『スペイン・バル　ア・コルーニャ』の名を書き入れた。

「聖ヤコブのアーモンドケーキを八センチの小型で一ダースね」

「せいやこぶ？のアーモンドケーキを十二個ですね」

「ざっつ・らいと！　三口後にパーティーが入ってさあ。悪いけど、うちの店まで届けてくれるかな？　デザートも頼まれちゃってさあ」

「アントニオさん、料理は全部手作りなのに、デザートは作らないんですか？」

「僕は酒に合わないものは作れないのさあ。酒飲みだからね」

酒飲みとお菓子作りに相関はなさそうなのに、と心の中で思いつつ久美は配達の旨を記した予約票の控えを大島に渡した。

「じゃあ、またね！　あでぃおーす！」

大島は元気に手を振って、のっしのっしと出ていった。

「『せいや　こぶ』……」

店に帰った荘介に予約票を見せると荘介は口を手で覆い、しばしふるふると震えていたが、「ぶふ!」と吹きだし腹を抱えて笑いだした。

「な、なんですか? どうしたんですか?」

久美は驚いて一歩下がる。きょろきょろと厨房内を見渡して笑いのタネになりそうなものを探したが、心当たりは久美が書いた予約票しかなかった。

「く、久美さん……、ぷっ、『せいや こぶ』って、なんだと思っていますか?」

うぷぷ、と笑いながら質問する荘介に、久美はいやあな顔をしてみせながら答える。

「どうせ違うっちゃろうけど、どうせまちがっとるっちゃろうけど! 聖夜に関係するキリスト教的な何かじゃないと?」

「惜しい!」

「え! 惜しいと? 本当に?」

「キリスト教には関係あるけど、ぷぷ、切るところが……ははははは!」

荘介はしばらく笑い続け、久美は頬をぷうっとふくらませた。


やっと笑い止んだ荘介は久美の機嫌をなおそうとケーキを試作することにした。

「聖ヤコブのアーモンドケーキっていうのは、スペインのガリシア地方の伝統的なお菓子で、アーモンドプードル——つまり、アーモンドの皮をむいて粉にしたもの。それと砂糖と卵だけで作る。香りづけにレモンかラム酒を少々入れるのがポピュラーだね」

「それはいいんですけど、荘介さん。何してるんですか?」

カッターで厚紙を切っている荘介の手元を久美が覗き込む。

「うん。型抜き用の型紙を作ってます。聖ヤコブの十字と言われる特殊な、剣のような形をした十字模様を粉砂糖で描くのがこのお菓子の特徴なんだよ」

荘介は切り上がった十字型を久美に差しだして見せる。尖った十字の先にくるんとカーブした装飾がついていて、一本の長い茎から三本の三つ葉が生えているようにも見える。

「なんだか時計の針みたいな形ですね」

「時計？」

「はい、下の十字の尖ったところが中心部分で、十字架のてっぺんが文字盤を指すんです」

「なるほど。一本だけの針が指すのは正午だろうね」

「いえ、三時じゃないでしょうか」

「なんで？」

「ケーキを見たらいつでもおやつの時間にできるように」

荘介は真面目な顔で三度、久美に頷いてみせる。久美は慌てて聞き返す。

「え？　え？　今の頷きはなんですか？」

「いかにも久美さんらしいと思って」

荘介は生ぬるい笑みをうかべ、久美は上目遣いに荘介をにらんだ。

「……それ、ぜったい褒め言葉やないけん」

久美は拗ねて店舗に戻っていく。荘介は笑いをこらえ、ケーキ作りに取りかかった。

アーモンドプードルに砂糖を混ぜておき、卵を泡立てる。卵液に、先ほどのアーモンドプードルを加え、軽く混ぜる。ラム酒少々で香りづけをしたら小麦粉を振った型に入れて下準備を終えた。

予熱の終わったオーブンに生地が入った型を入れていると、厨房に戻ってきた久美が驚きの声を上げた。

「いつの間に作ったんですか！」

「今ですよ？」

「いくらなんでも早すぎませんか？」

「簡単なお菓子ですからね」

荘介は喋りながらさっと調理台をかたづけ、あとは焼き上がるのを待つだけとなった。

「こんなに簡単なら、アントニオさんご自分で作れるんじゃないでしょうか」

「作り方は簡単ですけど、大島さんには無理なんですよ」

「なんでですか？」

「彼はアーモンドアレルギーなんです」

「そうだったんですか。じゃあ、他のケーキの方がよかったんじゃないでしょうか」

荘介は腕組みして首をかしげた。

「何かタルタ・デ・サンティアゴでないといけない理由があるんだろうね」

「たるたでさんてぃあご？　このケーキのことですか？」

「そう。サンティアゴというのがガリシア語で聖ヤコブのことなんだ」

「聖ヤコブさんって何をした人なんですか？」

「キリストの十二人の弟子の一人だよ。ヘロデ王に殺された最初の殉教者と言われてる。その遺体が埋められたのがスペイン、ガリシア地方のサンティアゴ・デ・コンポステーラだとも言われていてね。キリスト教の巡礼地として有名な街なんだ」

久美は猫のように大きな目をくるりと回した。

「なんだか授業みたいになってきましたね。荘介さん、地理や歴史も好きなんですか？」

「特別に好きということはないけれど。お菓子を作るときにその由来や、そのお菓子が産まれた土地のことを知っているとより美味しいお菓子を作れるような気がするんだ」

久美はまた目をくるりと動かす。

「それじゃあ、どんなお菓子の由来も知ってたりするんですか？」

「まさか。知らないお菓子の方が多いよ。駄菓子なんかはどれくらいの歴史があるのかわからないものなんてざらにあるし、同じおまんじゅうでも『元祖』『本家』『宗家』なんて名乗ってそれぞれの店が乱立したりしていることもあるし」

雑談をしている間にオーブンからはいい匂いが漂ってきた。アーモンドと卵のやわらかな香りはどことなく郷愁を秘めているように思われた。

「焼きたて、楽しみだなあ」

「焼きたてもいいですが、翌日以降の方が味が馴染んで美味しくなりますよ」

「パウンドケーキと同じなんですね」

「焼き菓子は大抵そうだね。生地も焼く前に寝かせた方がいい場合もありますよ」

「生地を寝かせるのとすぐ焼くの、このケーキはどっちが美味しいんですか？」

荘介は調理台に一つだけ置きっぱなしにしてあったボウルの中身を久美に見せた。アーモンドケーキの生地はまだ半分残っている。

「どちらが美味しいか、実験しましょうか？」

久美は大喜びで手を叩いた。ちょうどそのときオーブンの焼き上がりを示すランプが点灯し、ビーッと音を立てた。荘介がアーモンドケーキを取りだす。八センチほどの丸いマドレーヌ型から外したケーキを網の上に並べて置いていく。

「見た目はマドレーヌと変わりませんねえ。香りはだいぶ違いますけど」

久美は感想を述べながらチラチラ荘介の手元を見やる。荘介は苦笑しながら粉砂糖で時計の針のような十字を型どりすると、小皿にアーモンドケーキをのせて久美に手渡した。

「焼き立てはオススメできないんだけどね」

久美は聞いているのかいないのか、嬉々として小皿を受け取ると、フォークを突き立てケーキを三分の一ほど大きくえぐり、ふうふう息を吹きかけてあんぐりと口に頬張った。

「どうですか？」

「……なんだか、ネバつきます。それにラム酒の香りがきついというか……、ざらつくというか……。あんまり美味しくないような」

「明日まで待ちましょう」

「はい。そうします」

久美はしょんぼりとフォークを置いた。


翌日、久美が出勤すると店の中にはお菓子の焼ける香ばしい匂いが漂っていた。が、普段なら既にショーケースに並んでいるケーキたちが今日はまだやってきていない。

「おはようございまーす」

厨房を覗くと、荘介が眉間に皺を寄せてオーブンをにらんでいた。

「おはようございます、久美さん」

「どうしたんですか？　難しい顔をして」

「オーブンが壊れました」

「えええ！　どうするんですか！」

荘介は難しい顔をオーブンに向けたまま静かに口を開く。

「しかたないから今日は和菓子デーです」

「それより、アントニオさんのご予約、明後日ですよ……」

久美は途方にくれ、オーブンを見つめる。オーブンは熱そうに真っ赤な光を混ぜていて、生地が焼けるいい匂いが確かにしている。

「焼けてるんじゃないですか？」

「焼けることは焼けます。低温ですが」

「低温だと何か問題があるんですか？」

「長時間焼かないといけないので水分が飛びます」

「え、それじゃ固くなっちゃうってことですか？　大変じゃないですか」

オーブンのランプがつき、荘介は無言でオーブンから型を取りだした。昨日のものとは違い、二十四センチのタルト型だ。

「大きい！　これで十二個焼くんですか？」

「まさか。そんなにたくさん食べられないでしょう、久美さんじゃないんだから」

恐い顔をした久美にも気付かず荘介は、真剣な様子で腕組みして考えていた。

「この型なら一ホールで十二人分になります。ご注文は本当は直径八センチのを十二個でしたよね……」

「はい。でも背に腹は変えられないというか」

「問題があるんです」

「問題？」

「大島さんが切り分けないといけなくなります。アレルギーの程度はわかりませんが、もしかしたらアーモンドが皮膚に触れるだけでも危ないかもしれません」

荘介は型からケーキを外して網の上に置きながら「うーん」と唸る。

「ここで切り分けて持って行ったらいいんじゃないですか？」

「ホールケーキが事前に切られていたら楽しみが半減しませんか？　それにせっかくの十字模様が崩れてしまう」

荘介はしばらくケーキをにらんだが、ふっと肩の力を抜きケーキナイフを手に取った。

「切っちゃうんですか？」

「試しに。切ってから持っていくとしたら聖ヤコブの十字をどう配置するか……」

「時計の針十字ですか？」

荘介は晴れやかな表情で顔を上げた。

「それです、久美さん」

指を差され、久美は後ろを振り返ったが、自分の後ろに水色のはタイルが貼られた壁があるだけだ。くるりと視線を戻すと荘介は嬉々としてケーキを切り分けていた。

＊＊＊

「おーぅるあ！　荘介ぇ！」

ロスピンチョスに足を踏み入れた荘介は、アントニオ・大島の抱擁を首を曲げてかわした。よけられた大島は唇をとがらかせる。

「あいかわらずノリの悪い男だよ」

「おかげさまで。ご注文の品、お届けにあがりました、大島さん」

「アントニオって呼んでって、いつも言ってるだろう？」

「大島さん。少々、ご注文のケーキとは違う形になってしまいました」

大島は急に真面目な顔になり、荘介に向かい合った。

「お。めずらしいなあ、荘介。注文通りじゃないなんて、お前らしくないじゃないか。何かあったのか？」

大島は心配そうに荘介の顔を覗き込む。荘介は真面目な顔で言葉を継ぐ。

「少々設備に不備がありまして。ご迷惑をおかけします。もしこのアーモンドケーキがご入用でなければ代わりにマカダミアナッツのトゥロンを持参していますが」

大島は目を輝かせる。

「トゥロン！　それはいいなあ。マカダミアナッツなら俺も食えるしなあ。しかしトゥロンと言ったらヌガーだよな。伝統にのっとってクリスマスのお菓子としてならともかく、春にはどうだろうか」

大島はしばし天井を見つめて考えていたが、二、三度首を回してから荘介を見た。

「それよりとりあえず、アーモンドケーキを見せてくれるかね」

荘介が手にした紙袋からケーキボックスを取りだし大島の前で開いて見せる。

「おおお？　こりゃいいわ！　なんだよ、荘介！　お前知ってたのか？」

「え？　知ってたって何をですか？」

そのとき、扉を開けて、数人の客が店に入ってきた。皆、ドレスやフォーマルスーツに身を包んでいる。

「おーぅるあ！　ようこそ！　ア・コルーニャへ！」

大島の大音声に客が驚き、足が止まる。荘介はふと微笑み、お菓子の箱を持って厨房に行った。しばらく待つとファーストドリンクのオーダーをすませた大島が厨房に入ってきた。一人きりで切り盛りしている店なので、客が来た直後の大島はフル回転だ。

すぐにドリンクを作り客席へと運ぶ。料理が何品か出て大島の手が空くのを待ち、荘介はケーキを取りだした。

「いい！　いいじゃないか！　本当に！」

大島が荘介の背中をばん！　ばん！と叩く。荘介は咳き込みながらケーキが壊れないように調理台の隅にそっと置いた。

「もう切ってあるのがありがたい！　それにこれは今日のパーティーにぴったりだ」

「今日のパーティーってなんなんですか？」

「結婚披露宴さ。これからの人生をともに刻んでいくっていうセレモニーだ。うん。いいよ。かなりいいね」

直接的に褒められて荘介は満面に笑みを湛えた。温かい料理をテーブルまで運び終えて戻ってきた大島は目を細めて言う。

「新郎新婦はサンティアゴ・デ・コンポステーラへの旅で知り合ったのさ」

「巡礼の途中で？」

「そのときに新婦の時計が壊れて、近くにいた新郎に話しかけたのが馴れ初めなんだと」

「時計ですか！」

「そう。だからさっきは驚いたよ。お前さんが二人を知ってたのかと思ってな。けど当人達に聞いてみたらハズレだったさ」

いかにも残念と言った顔で頷く大島に、荘介は頭を下げて見せる。

「ご期待に添えず……」

「そんなこたぁいいってことよ！　それより、このケーキの写真、店のブログに上げてもいいか？」

「はい、ぜひ……」

「ありがとう！　そうだ、お前も新婚さんを祝ってやれよ！」

大島は、ばん！と荘介の背を叩く。荘介はごふ、と咳き込んだ。


「ただいま……」

カランカランとドアベルを鳴らして帰ってきた荘介を見た久美は、慌ててショーケースの後ろから飛びだして荘介の肩を支えた。

「どうしたんですか、荘介さん！　ボロボロじゃないですか、何があったんですか？」

久美に優しく背を撫でられて荘介は苦しそうに久美の手をとって呟いた。

「大島さんの猛攻撃にあって……」

久美は同情して肩をぽんぽんと優しく叩いてやった。慰められて気を持ち直した壮介はア・コルーニャであった出来事を久美に話して聞かせた。

「……というわけで、二人は時計が縁で結ばれたそうです」

「なんでそこでうちのアーモンドケーキがちょうど良かったんですか？」

「うん。その二人が目指した場所が、十二使徒である聖ヤコブを祭った教会だったっていうことが一つ。まあこれは大島さんのオーダーの理由はここにあるんだね」

「はい」

「で、もう一つは、二人を繋いだ時計だね」

「なんで？」

「ケーキの写真を大島さんがブログにアップしてくれるって言ってたのですが、見ますか？」

「もちろん！」

壮介が立ち上げたパソコンの画面を覗きこんだ久美は「あ」と声を上げた。

「この模様って……」

「そう。十二等分にしたケーキの一つ一つに聖ヤコブの十字架を象ったんだ。そうすると、これは何に見えますか？」

「十二の十字架が時計の針みたいになる！」

「その通り。そんなわけで、久美さんは功労賞ですね」

久美は小首をかしげた。

「なんで私が？」

「十字型が時計の針みたいだって教えてくれたのは久美さんでしょう？」

久美はぐにゃりと身をよじった。

「そんな、言うほどでもありますけどお。えっと、何かご褒美的な物は……」

「はい」

荘介がさしだしたのは、一昨日、焼き立てのときに久美が口を付けて残したタルタ・デ・サンティアゴ。

「え？　これって……」

「二日間、寝かせたので美味しくなっていますよ」

にこにこ笑う荘介に邪気はなく、久美は頬を引きつらせながら自分の残したケーキを頬張った。それはとても美味しかったけれど、できたら齧《かじ》りかけでないものが食べたかったと久美がしょんぼりしていると、荘介が乾燥棚から布巾がかかったトレイを下ろした。

「まだまだお代わりありますからね。修理が済んだオーブンの調整のために、たくさん焼いたんですよ」

布巾を取るとずらりと並んだ聖ヤコブのアーモンドケーキ。荘介の明るい笑顔の裏に何かひそむものはないかと、探ってみたが、荘介は単純に美味しいものを勧めようとしているだけのように見えた。

食べかけのケーキをなんとか飲みこみ見おろした調理台には、大小さまざまな試作品が並んでいる。そのケーキたちは捨てられた子犬のように悲しげに久美を見つめている……ように感じた。

「……せますとも」

「え？　久美さん、なにか言いました？」

「食べきってみせますとも」

「え？」

「どんなにお腹いっぱいになろうとも！　私はすべてのアーモンドケーキを食べてしまいますとも！」

そう言うと久美は猛烈な勢いでケーキを飲みこんでいく。

「が、がんばれー……」

荘介の応援に背中を押され、久美は一心不乱に聖ヤコブのアーモンドケーキを胃の腑に納めていった。

お届けものに夢を見る

その女性が店に入ってくるまで結局、三十分以上かかった。久美は窓の外をうろうろと何度も往復する女性の姿に気を取られていたが、常連の町内会長の梶山《かじやま》の話し相手をしていたため、外に出て声をかけることができなかった。

梶山がおじいさんらしくずずず、と音を立ててサービスの蕎麦《そば》茶を飲み干して帰っていき、茶碗をかたづけた久美はドアを開けてみた。女性の姿は既になく、がっかりして中に入ろうと振り返った目の前に、その女性は立っていた。

「うわ!」

思わず声を上げた久美に、その女性も驚いて「うわ!」と叫んだ。まるまると太って背も高いその女性は久美の二倍ぐらいの容積がありそうだが、どこに隠れていたのだろうか、ドアから顔だけ突きだしたときには姿はまったく見えなかった。

女性は大きな体を縮めるようにして頭を下げた。

「すみません、驚かせて……」

「いえ、こちらこそ! あの、もしかして、うちの店にご用では?」

女性は顔を上げると、久美のエプロン姿と店の看板を交互に見比べた。

「あ、こちらのお店の店員さんですか?」

「はい。よろしければ中でお茶でも」

「喫茶店もしてるんですか？」

久美は笑顔でドアを大きく開ける。

「いいえ、イートインスペースがありまして、サービスでお茶を差し上げてるんですよ。どうぞどうぞ」

大きくドアを開いた久美に、断りづらかったのか女性は、おずおずと店内に足を踏み入れた。途端に目を大きく開き笑顔になった。

「うわあ」

感嘆の声を上げてショーケースに女性の視線が釘付けになる。久美は女性客の後ろを通りすぎながらガッツポーズを決めた。

「すごく美味しそう。わあ、どうしよう」

どうしようと言いながらも、女性の視線はショーケースの一点に引き絞られていた。

大きなホールのモンブラン。フランス語で『白い山』という意味のモンブランだが、荘介が作った四十センチ四方あるこのケーキは、あまりに大きすぎて山型にできず、ぺたっと平たい。言うなれば『白い山』ではなく『白い平野』だった。

女性はその平野とイートインスペースをちらちら見比べている。

「あの、このケーキ、お店で食べていってもいいですか」

もしや、と思って見守っていた久美だが、その言葉にはやはり度肝を抜かれた。

「はい、どうぞ」

　自分の声が裏返っていなければいいが、と思いながら久美はショーケースから〝白い平野〟を取りだし、大きなお皿にのせて、ナイフとフォークを添えて女性の前に出す。八〜九人前のケーキなのだが、女性は臆することもない。あっと言う間に平原をまるまるぺろりと平らげると久美が淹れたコーヒーをぐうっと一気に飲み干した。豪快な食べっぷりに見惚《みほ》れていた久美に、女性はカップを差しだす。

「お代わり、もらえます？」

　久美はあわててカップを受け取ると、二杯目のコーヒーを淹れはじめた。インスタントではなく一杯《いっぱい》だてなのでしばらくの間が空いた。その静けさの中に女性が溜め息をついた音が聞こえてきて、コーヒーを運んだ久美は女性に聞いてみた。

「どうかなさいましたか」

「え？」

「溜め息をつかれていたようでしたから」

　女性は照れて俯いた。

「聞こえちゃいましたか。恥ずかしいなあ」

　久美は黙って女性の側に立つ。女性はコーヒーを一口飲むと、苦笑いして口を開いた。

「私、だめなんです、欲望に勝てなくって。今日もダイエットしようって決めたばっかりなのに、お菓子屋さんを見ると入りたくて入りたくて。とうとう入っちゃって、しかも大きなモンブランを食べちゃって。こんなだから、どこまでも太り続けるってわかってるんですけど」

「後悔はストレスになるそうです。ストレスはダイエットに一番悪いんですよ」

女性は苦笑いのまま久美の言葉に頷きを返す。

「せっかく美味しそうに食べてくださったんですもの。後悔しないで、明日に向かった方がいいですよ」

「明日ねえ。明日は明日でまた美味しいものに目がくらむのよ、これが」

女性の言葉に久美も同意した。

「わかります、わかりますとも。美味しいものを作ってくれる人は神様です。けど、同時に悪魔でもあるんですよねえ」

「そうなのよ！　愛《いと》しい悪魔よね」

カランカランという音に扉を見ると、荘介が配達から帰ってきたところだった。女性は途端にぽうっとして、荘介の顔から視線が動かなくなった。テーブルの上の大きなケーキの容器を見た荘介は愛想笑いではなく、心から滲《にじ》み出たような笑顔で女性を見つめる。女性はパッと目をそらす。

「いらっしゃいませ、どうぞごゆっくり」

そう言い置いて厨房に入っていく荘介の背中を、女性はまた、ぽうっと見つめる。

「すごい……。あんなきれいな男の人、初めて見た」

「当店の店主です。悪魔の一人ですよ」

女性は厨房の方に目を向けたまま呟いた。

「あんな悪魔なら魂をささげてもいいわ」


久美は予約票を持って厨房に入っていった。

「荘介さん、ご予約です」

「さっきのお客様かな？」

「はい。永井《ながい》様です。ルバーブのクランブルケーキのご注文です」

「クランブルケーキ、そう言えばうちでは出したことないね」

「私は見たことも聞いたこともないです。クランブルってどういう意味ですか？」

「砕く、という意味の英語ですね。その名の通り生地はまとめず砕けています」

「砕けていたらフォークではすくいにくそうですね」

「表面はそぼろ状のままだけれど、ルバーブの水気《みずけ》と混ざると生地としてまとまります。しっとりした下層の生地とサクサクした上層のクランブル生地のコントラストが面白いケーキだよ。ところでご注文はワンホール？」

「はい。一番大きなタルト型くらいがいいそうです」

荘介は予約票を受け取ると、うれしそうに笑う。

「永井さん、モンブランを全部食べてくださったんですね。作った甲斐がありました」

「まさか一人で食べてしまうとは思いませんでした」

「それは僕も予想外だったけれど。でもあんなにきれいに食べきってもらえたらモンブランも思い残すことはないでしょう」

荘介は店舗に移動してレジの隣に置いてあるパソコンで検索を始めた。

「何を調べてるんですか」

横から画面を覗き見ながら久美が聞く。

「ルバーブをお取り寄せしようと思ってね」

「果物でしたっけ？　ルバーブって」

「いや、蕗《ふき》のように葉っぱの下、軸部分を食べる植物です。さて、どこから取り寄せるか。できれば北の方がいいなあ」

「どうしてですか」

画面に集中したまま荘介が答える。

「ルバーブは原産地がシベリアなんですよ。産地が近ければ近いほど気候が似るから、元の味に近づけやすい。国内だと北海道か信州かな。海外からのお取り寄せよりは安いしね」

「安いのは嬉しいです」

「うん。そう言うと思ってました」

荘介は注文ボタンをクリックして、満足げに顔を上げた。

「たくさん注文しましたから、コンフィチュールやシャーベットも作りましょう」

「働き者ですね、荘介さん」

「うん。じゃあ、今はとりたててすることがないから出かけてきます」

「たまには追加のお菓子を出しましょうよ」

『お気に召すまま』のお菓子は朝一番に並べた分だけの売り切りで、追加が並ぶことがない。売り切れてしまえば久美の仕事はあらかたなくなってしまう。働き者の久美の声は聞こえないふりで、サボり癖のある荘介は、すーっと外に出ていった。


十日後、信州から届いたルバーブの大きさに久美は唸った。セロリが赤く大きくなったような形状の、長さ五十センチはあるフレッシュルバーブがぎっしりと入っている段ボール箱は、見た目よりずっと重かった。一人で持ち上げることができず、荘介が戻るまで入り口の側に置いておくしかなかった。

「こんにちは」

昼すぎ、永井真奈美《まなみ》が店にやってきた。まっすぐショーケースに向かおうとしたが、足許に置いてある段ボールに気付き首をかしげる。

「これ、お届けものですか？」

「すみません、邪魔ですよね。今、どかしますから」

久美が駆け寄って隅に寄せようと一生懸命、押したり引いたりしていると、真奈美がすいっと段ボール箱を持ち上げた。

「どこに運べばいいですか」

久美は驚きのあまり動けなくなった。真奈美が歩きだしてから、やっと硬直が溶けた久美は、真奈美を厨房まで案内して調理台の側に段ボール箱を下ろしてもらった。荷物を軽々と運んだ真奈美は、ぱんぱんと両手をはたいた。

「ありがとうございます！　お客さまにこんなこと、すみません」

「いいえ、いいんですよ。力を持て余してるくらいですから」

真奈美は明るく笑うと、物珍しそうに厨房を眺め渡した。

「ここが悪魔の巣なんですね。甘くていい匂いが立ち込めてるじゃないですか。既に誘惑するつもりですね」

久美は同意を表すために大きくゆっくりと頷いた。

「ところで、予約時間よりずいぶん早く来ちゃったけど、お店で待たせてもらっていいでしょうか」

「ええ、どうぞ。店主が戻る時間が分からないので、たぶんケーキをお出しできるのは予約の時間より早くはできないと思うんですが」

真奈美はほがらかに「大丈夫」と笑い、イートインスペースに移動した。そこからじーっとショーケースをにらみつけている。久美はその視線に居心地が悪くなり、紅茶を淹れると真奈美の前に置き、自分は向かいの椅子に座った。

「永井さんは、ルバーブがお好きなんですか？」

「いいえ、食べたことないです」

「じゃあ、どうしてご存じなんですか？」

「最近話題の北欧家具のお店に行ったときに、併設されたカフェテリアのデザートコーナーにあったんです。食べたかったんだけどダイエット中だったから我慢して。我慢して我慢して我慢して、家に帰ったら我慢が限界に来ちゃって、それからドカ食い。無駄な我慢でした。だから今日は我慢しないで好きなだけ食べるつもりです」

　そう言いながらも真奈美の視線はショーケースから離れず、顔は険しい。既に我慢を始めていることは明白だった。

「あの、良かったら、カステラのご試食はいかがですか」

　久美の言葉に、つい頷きそうになりながらも真奈美はぐっとこらえ、首を左右に振ると目をつぶり精神統一を始めた。久美はどうにも身動きがとれず、荘介が帰るまでの数十分、椅子の上で何かを諦めたような顔で座り続けた。

　カランカランという音で真奈美はパッと目を開いた。店に入ってきた荘介を見ると、そのままの姿勢で動かなくなった。目はらんらんと期待に燃え上がっている。荘介は微笑み真奈美に話しかけた。

「お早かったんですね。よろしかったらクランブルを作るところをご覧になりますか」

「はい！」

　真奈美は元気よく立ち上がった。

荘介は厨房に置かれたルバーブの箱を開けて、中身を確認する。

「重かったでしょう。久美さん、よく運べましたね」

「永井さんが運んでくださったんです」

申し訳なさそうに久美が言うと、真奈美は胸を張った。

「力持ちですから、任せてください」

荘介は立ち上がり、深々と頭を下げた。

「ありがとうございました。お礼の意味も込めて腕をふるわせていただきます」

真奈美は嬉しそうに手を打ち鳴らした。ひゃっほう、とでも言いたげな様子を久美は微笑ましく見つめる。

ルバーブクランブルの材料は、ルバーブ、砂糖、小麦粉、バターだ。まずはルバーブの下ごしらえから始める。

通常、ルバーブは根元は赤く、茎の上の方へいくほどに緑となるのだが、今回は根元から柄の先まで真っ赤なルバーブは、根元は十センチほどの幅広の扇形、上に行くと段々と筒型になり、細いところは直径三センチくらい。

よく水洗いしたら二、三センチに切って砂糖をまぶし、二十四センチのタルト型に敷きつめる。それを馴染ませている間にクランブルを作る。

薄力粉と砂糖を良く混ぜたところにバターを入れて、バターを潰すようにしながら粉と合わせていく。

ぽろぽろのそぼろ状になったらルバーブの上に敷きつめ、オーブンで焼き上げる。

「うあああ。いい香りがするうう。バターがぐつぐつ煮立って、ルバーブがとろけるのが見えそう……」

「十分ほどで焼き上がりますので、それまで店舗の方のイートインスペースでお待ちになりますか」

「いいえ、ここにいたいです。この香りに包まれていたい……」

真奈美はうっとりとオーブンを見つめた。


大きなタルト型に一杯の焼き立てのルバーブクランブルに生クリームをどっさりかけてテーブルに運ぶ。熱々のクランブルに触れた生クリームが徐々に溶けて染みこんでいく。真奈美は身震いしながらそれを見つめる。

荘介はルバーブクランブルをタルト型のまま、皿にも移さず真奈美の前に置いた。真奈美はフォークを握りしめるとクランブルに突きたて、「ぐぐぐぐう」と唸った。驚いた久美は真奈美の顔を覗き込む。

「どうかなさいましたか？」

「嬉しくて、もう、たまりません」

真奈美は大ぶりのフォークいっぱいにすくいあげたクランブルケーキを一口に頬張った。ルバーブの濃い赤にクランブルの薄い黄色、焦げ目の茶色に生クリームの白。そのすべての色が食欲をそそる。

「うぐぐぐぐ」

久美はやはり唸る真奈美を心配そうに見つめたが、真奈美はそんなことにも気付かない様子で次々とケーキを頬張る。いつ飲みこんでいるのかも分からないほど、どんどんどんどんケーキは口の中に消えていく。

「酸っぱい！」

唐突に、真奈美が叫んだ。久美はびくっと身をすくませる。

「すごく酸っぱいですね、ルバーブ」

喋りながらも真奈美の手は止まらない。ケーキはまだ湯気が立つほど熱いというのに、タルト型の上にはもう四分の一ほどしか残っていなかった。

「ルバーブはビタミンCを多く含む野菜です。カリウムや食物繊維も豊富です。赤い色は抗酸化作用の強いポリフェノールです。不要物の体外排出に向いています」

「酸っぱいのが美味しい」

最後の一口を飲みこんでしまってから真奈美が宣言した。タルト型の中には一かけらのクランブルも残っていない。その食べっぷりに久美は感激し、手を叩いた。真奈美は照れながらフォークを置いた。

「美味しそうに食べてくださって、ありがとうございます」

「いいえ、お礼なんて。私こそありがとうございます。今まで我慢していた甲斐があったと思えるほど幸せでした」

真奈美は大きな体を揺らして快活に笑った。その笑顔には食べたことに対する後悔はかけらも見いだせなかった。

「あの、残ったルバーブもケーキにするんですか？」

真奈美は両目に期待を宿らせて聞いた。

「ご注文があればまたお作りしますよ。ですが、それ以外で余った分はコンフィチュールにしようと思っています」

ぱっと真奈美の表情に輝きが走る。

「コンフィチュール！　ぜひ予約させてください。家で食べたい！」

うっとりと遠くを見つめるように真奈美は呟く。

「ルバーブのパンケーキ、ルバーブのヨーグルト、ルバーブのアイスクリーム、それから、それから……」

真奈美の夢がどこまでも広がっていくさまを、久美は嬉しく見守った。

天から降ってきたドラジェ

「いい加減にしとって。うちは身の上相談所じゃなくて、お菓子屋さんなんやからね」

イートインスペースの椅子に久美は高校時代の同級生、藤峰《ふじみね》と並んで座っていた。藤峰はぽうっと中空を眺め、久美は呆れた表情でそっぽを向く。

「はあ……。僕、どうしよう」

「知ったこっちゃないがね」

久美は藤峰の言葉にぶつくさ相づちを打っていたが藤峰は聞いているのかいないのかぼんやりしたままだ。そこへカランカランとドアベルを鳴らして荘介が散歩から帰ってきた。

「おや、藤峰くん。久しぶりですね」

「はあ……。どうも」

「インドのお土産を持ってきてくれて以来ですね」

「はあ……。そうですかね」

「乳粥が懐かしくなったんですか？　ジャポニカ米でよければすぐ作れますよ」

「はあ………。どうしましょう」

「どうしたんですか、今日はいつにも増してすっとんきょうな顔をしていますが」

「はあ……。そうですね」

「愉快な顔とも言えます」

「はあ……。そうですか」

荘介は藤峰の反応を楽しんでいたが、久美はいらいらと二人の言葉を切った。

「藤峰の顔はいつだって変です！　それより荘介さん、こいつ、相談があるって言いよるとですよ」

「はあ……。そうなんです」

荘介は面白いおもちゃを発見した子どものように藤峰を見下ろす。

「今日は相談なの？　お菓子以外の何かをお求めかな？」

「はあ……。なんだっけ……」

久美が椅子を鳴らして立ち上がり、テーブルを両手でバン！と叩く。

「いいかげんに目を覚まさんか、この色ボケ！」

「はあ……。ごめん」

藤峰のぼんやりと呆けた表情に久美のイライラはますます高まり、顔が真っ赤になっていく。荘介はそれもまた面白そうに眺めた。

「まあまあ、久美さん、そう興奮しないで。藤峰くんがボケてるのは今に始まったことじゃないでしょう。それより色ボケって何事ですか？」

「こいつ、一目惚れしたんですって」

藤峰の頬がぽっと赤く染まる。

「そうなんです……。天使に出会ってしまったんです」

藤峰の顔色がさっと暗くなる。

「僕の手なんかが届かない遠い空の天使に」

荘介は藤峰の顔色の変化を面白そうに眺めているだけで話を聞いているのかいないのか分からない。久美は先に進みそうにない二人の会話を、溜め息で吹き飛ばした。

「こいつ、よりにもよって花嫁さんに恋しちゃったんですって」

「そうなんです……。彼女は教会の扉を開いて出てきて、そこでつまずいたんです。僕がとっさに手を伸ばして、彼女が僕の手につかまって……。あああ」

藤峰は自分の右手に頬ずりする。久美は気持ちが悪そうにそれを見て、椅子をずらして距離を取った。

「だけどその花嫁さん、持っていたかごに入ったお菓子をばらまいちゃったって」

「そう！　地面に散らばったパステルカラーのドラジェはまるで彼女の涙のようでした。ピンクのドラジェは幸せの、ブルーのドラジェは寂しさの、そんな涙のような……」

「もう、うっとうしい！　横から口出さんとって！」

久美に叱られても、藤峰はぽうっと幸せそうだ。久美は目線で藤峰の言葉を封じてから荘介に向き直った。

「ばらまいたお菓子は明日の結婚式のプチギフトとして配る予定だったそうです。でも土のついたものはさすがに使えないからって困ってたらしくて、うちに注文がきたんです」

荘介は藤峰をからかっていた半笑いのまま、横眼でちらりと久美を見て尋ねた。

「ドラジェなら、うちでなくても売ってるだろうに。何か特別な事情でもあるのかな」

藤峰がやや正気に戻った声で答える。

「それが、よくあるただの砂糖衣をかけた丸っこいアーモンドじゃなくて、星型のドラジェなんです」

小袋に入ったドラジェを、大量に入った袋から一つ取りだし、差しだした。荘介はドラジェをしげしげと眺める。

「なるほど、五つのドラジェがくっつけてあるんだ。星型にも見えるけれど、五弁《ごべん》の花のようにも見えるね」

「特注品のお取り寄せで、同じものを明日までに四十個用意できないと困ってたんです。僕はなんとかしてあげたくて。荘介さんなら、荘介さんならできますよね！」

藤峰は荘介の腕にすがりつく。

「彼女のために力になってあげたいんです！　お願いします！　僕、なんでもしますから」

「大丈夫だよ、ドラジェなら材料はありますから、すぐ作れます。何もせず待っていてくれたらいいですよ」

荘介はやんわりと藤峰の手をどけると、その手の届かない距離までそっと下がった。

「荘介さん、本当に藤峰をお店に座らせておいていいんですか？　お店の品位が、がたんと下がっちゃいますよ」

「あいかわらず久美さんは藤峰くんに厳しいですねえ」

「しつけは厳しくしないと。それより荘介さん、この落っこちたドラジェ、壊れていない、星型のままのも結構ありますよ。袋入りなんだからきれいに拭いて使うとはだめと？」

久美は紙袋から取り出しドラジェ入りの袋を、目の高さに持ち上げてしげしげと眺める。親指の頭くらいの大きさのピンクの粒が五つ、放射状につなげられている。

「落としたものでは縁起が悪いんじゃないかな。もともとドラジェはお祝いごとで使うもので、いわゆる験担《げんかつ》ぎですからね」

「どんな験を担いでるんですか？」

「この袋には五粒のドラジェが入っているでしょう。幸福・健康・富・子孫繁栄・長寿の五つの意味がそれぞれに込められているそうです。だから五粒セットで配るんですよ」

「外国のしきたりですか？」

「ヨーロッパのいろいろな国で結婚や出産、それからキリスト教の洗礼を受けるときなんかにも使われているようです。ドラジェというのはフランス語ですが、イタリアやドイツにも同様のお菓子を贈る習慣があります」

荘介は説明しながら、アーモンドをローストするためにオーブンの準備を整えていく。

「さて。ローストしたアーモンドが冷めるまではすることがありませんから、藤峰くんの恋の話でも聞きましょうか」

「えー。失恋話を聞いても楽しくないですよ」

「失恋と決まったものでもないでしょう」

久美は苦い表情で反論する。

「相手は明日、結婚式なんですよ。どう考えたって叶うはずのない恋じゃないですか」

「でも映画の『卒業』みたいに花嫁をさらって逃げるとか」

「藤峰にそんな甲斐性があるもんですか。花嫁をさらわれることなら、想像するまでもなくありえますけど」

「うーん。そう言われると、そうとしか思えないところが藤峰くんの良さだよね」

「あのう……」

二人は藤峰の声に振り返る。厨房にそっと入ってきた藤峰は暗い顔で俯いている。

「僕、そんなに情けないかな……」

「まったくもって情けないわよ」

「うん、否定はできないね」

藤峰はわなわなと手を震わせると、キッと顔を上げた。

「がんばります！　僕、花嫁をさらいます」

「あ、そう。がんばってね」

「まあ、応援しないこともないです」

「そんな……、少しくらい親身になってくれても……」

三人は和やかに、藤峰をいじって、いじられて時間をつぶした。

オーブンから取りだしたアーモンドが冷めたら、爪楊枝を刺していく。

鍋にグラニュー糖、水、水飴、天然色素を溶いたピンクの色水を入れて火にかけ、フォンダンを作る。

温度調節をしながら煮詰め、いったん火から下ろして冷ましながら練る。白っぽく固い状態になったら再度火にかけ、なめらかになるまでよく混ぜる。でき上がったフォンダンをアーモンドに流しかけて、爪楊枝側をスポンジにさして乾かす。それを二度繰り返して厚さを持たせる。

同じように天然色素で水色に染めたドラジェも作る。フォンダンが完全に乾いたら爪楊枝をそっと引き抜く。

楕円形にでき上がったドラジェの頭にフォンダンを付けて、頭同士をくっつけていき、五個を星型につなげる。でき上がったら粉砂糖を全体に振りかける。

ふわりとしたパステルカラーの星が、空に輝くように、いくつもでき上がっていく。

星型が崩れないように細心の注意を払って作業している荘介に藤峰が話しかけた。

「すごく丁寧に作るんですね。時間もかかるし大変そうですね」

久美が藤峰の肩を肘でつつく。

「ちょっと！　荘介さんが集中してるのに横から口を出さないの。じゃまになるでしょ」

星を一つ作りあげた荘介が顔を上げる。

「大丈夫ですよ、少しくらい」

「ですよね！　荘介さんは天才ですもんね。喋りながら作るなんてお手のものですよね」

藤峰の言葉に荘介は眉根を寄せる。

「天才とは一パーセントのひらめきと九十九パーセントの努力でできてるんだそうだよ。僕だって努力してます。お菓子作りに気を抜くことなんてありえない」

熱のこもった荘介の言葉に久美は感心して、藤峰の腕を引っ張って店舗に戻った。それを見送った荘介は、星型のドラジェ作りに没頭した。


ピンクと水色の星がきらきらとたくさんでき上がり袋に詰めていると、藤峰が様子をうかがいに再び厨房に顔を出した。

「あ、かわいい」

袋に入れられリボンで飾られたドラジェを手に取り、藤峰が呟いた。

「藤峰くんはかわいいものが好きなの？」

荘介は作業の手を止めずに尋ねる。

「ええと、僕が好きなわけじゃなく……、彼女が喜ぶかな、なんて思ったりなんかしたりして、はい」

「花嫁略奪、成功するといいね」

藤峰は顔を真っ赤にしてもじもじと身をよじった。

「はい、藤峰くんも一つどうぞ」

荘介が藤峰に手渡したのは六個のドラジェを繋げて作った六芒星《ろくぼうせい》の形だった。

「僕のは六個なんですか？　どうして？」

「六芒星は太陽の方角を知らせる金星のシンボルなんだそうですよ。金星は愛の星、ヴィーナス。藤峰くんの恋を応援しようと思ってね」

藤峰はわなわなと唇をふるわせ、目にうっすらと涙をためた。

「僕のためにそこまで……。ありがとうございます、荘介さん！　僕、がんばります！」

藤峰はたくさんのドラジェが入った大きな袋をつかみあげると店の外へと駆けだした。

「荘介さん、本気で藤峰の恋を応援するんですか？」

久美が怪訝な表情で尋ねる。

「いや、別に。ドラジェが半端に余ったから六芒星にしてみただけだよ。久美さんもよかったら、どうぞ」

久美は何とも言えない、といった表情でドラジェを一粒口に入れ、しゃりしゃりと噛みしめた。甘い中からアーモンドの香ばしさが立ち上り、ちょっぴり幸せな気分になった。

＊＊＊

藤峰はでき上がった山盛りのドラジェを教会で待っている女性の元へと運んだ。藤峰のマドンナ、星野陽《ほしのよう》はドラジェを受け取ると感嘆の声を上げた。

「わあ、かわいい。元のものより、ずっとかわいいです。ありがとうございます」

陽はさらりとした長い黒髪を揺らして頭を下げた。

「いえ、そんなお礼を言われるほどでは……」

藤峰は両手を振り回しながら、もじもじと体をくねらせる。

「これなら新婦も喜びます」

「え？　新婦って……、あなたが新婦さんじゃ？」

陽はころころと鈴が鳴るような声で笑う。

「やだ、私は式の手伝いをしてるだけですよ。結婚なんてまだまだです」

藤峰の表情がパッと明るくなった。

「私もドラジェで幸せのお裾分けをもらって、すてきな人を探さないと」

「あの……、あの……」

「はい？」

陽は、詰まったままなかなか出てこない藤峰の言葉をのんびりと待った。

「ぼ、僕と、ととと、友達になってください！」

「ええ、喜んで」

陽はすぐに快諾した。藤峰は興奮極まり頭から湯気が出そうなほど真っ赤になった。陽はその名の通り太陽のように笑う。

「ドラジェって、最高ですよね！」

藤峰の言葉に陽は頷いた。

帰り道、藤峰は荘介さんに足を向けて寝られないと『お気に召すまま』の方角に向かって深く深く頭を下げた。

ハロー！　エルダーフラワー

「おい！　なんだ、この料理は！」

ランチどきで賑わうスパゲティ専門店に突然大声が響いた。一人お昼ご飯を食べていた久美が驚いて隣の席に目をやると、五十代くらいの小柄な男性客が店員をにらみつけていた。店員は驚きを隠しきれない顔で、それでも丁寧に頭を下げる。

「なにかございましたか？」

「なにかじゃない。皿が汚ならしく汚れてるじゃないか！」

男性の前に置かれた皿には真っ赤なソースのパスタが盛り付けられている。久美の目にはその白い皿に汚れは見つけられない。男性の正面に座っている三十代くらいの女性は俯き、自分の両手を見つめている。

「ここだ！　こんなにソースを飛ばして汚ならしい！」

男性が指差したのは白い皿のはしっこ、ほんの小さな赤い点だった。

「申し訳ございません、すぐにお取り替え……」

「もういい！」

男性客は立ち上がると後ろも見ずにさっさと店を出ていく。

「お騒がせしてすみません」

男性の妻らしい女性が伝票をつかみレジへ向かう。店員が支払いはいらないからと何度も頭を下げて繰り返し、女性は何かを諦めたかのような無表情で店を立ち去った。

久美は隣の席に取り残された二つのパスタを見て、なぜだか寂しい気持ちになった。

「そりゃ、あれだな。久美ちゃんは食い物が無駄に捨てられるのに同情したんだろ？」

今日も店に遊びに来た斑目に、久美は昼間のことを話して聞かせた。

「それはもちろん、ありますけど。それだけじゃなくて」

久美は天井を見つめて呟く。

「あの女性、なんであんな男の人と一緒にいるんだろうって考えたら、悲しくなったっていうか。同情っていうんじゃなくて」

ふう、と溜め息をついた久美は自分の手の平に目を落とした。

「どうしてあの男性は人に優しくできないんだろうって思って、なんだか暗い気持ちになったのかもしれません」

いくら探しても小さな手の平には答えは書いておらず、久美はまた溜め息をついた。斑目はそんな久美の手にバックパックから取りだしたキャラメルを置いた。久美は驚いて斑目のバックパックに目をやる。

「斑目さん、いつもカバンにキャラメルを入れてるんですか？」

「だいたいな」

「大阪のおばちゃんみたいですね」

久美はキャラメルを口に入れながら感想を述べる。

「おばちゃんのカバンに飴ちゃんが入ってるってのは都市伝説かもしれんが、ムーミンママのカバンにはいつもキャラメルが入ってるんだぜ」

「そうなんですか？」

「他にもお腹の薬や絆創膏《ばんそうこう》、指輪やネックレスも入ってる」

久美はくすっと笑う。

「なんだかおかしいです、斑目さんがムーミンに詳しいなんて。子どもの頃に絵本を読んだんですか？」

「うん、まあな。たしか小学校五年だったかな。それ以来、ムーミンママになりたくてキャラメルを持ち歩くことにしたんだ」

「ムーミンパパやスナフキンじゃなくて、なんでママなんですか？」

「美味しいものをたくさん作ってくれる人になりたかったんだ」

「なんだか、それも意外です」

斑目は優しく微笑む。

「誰にでも意外な一面ってのはあるんだよ。久美ちゃんにもあるだろ？」

「私ですか？　うーん。何かあるかなあ」

「ダイエッターの久美ちゃんには、じつはよく食べるって裏の顔があるじゃないか」

「それ、別に意外じゃないです」

「あれ、今日は怒らないのか」

気のない久美の答えに、斑目はそれこそ意外だと驚いて見せる。

「今日はそんな気分じゃないんです」

久美は胸の中のもやもやをどうにもできず、ただただ溜め息をついた。


その女性を二度目に見たのは商店街の入り口あたり。店の窓越し、夕暮れどきの買い物客で賑やかな通りを女性が憂鬱《ゆううつ》そうに眺めている姿が見えた。久美はきょろきょろとあたりを見渡したが、今日は男性は一緒ではないようだ。しばらく見ていても女性は動く気配を見せなかった。魂が抜けたかのようなその姿が気になって、久美は店を出た。

「あの」

久美が話しかけても、女性はしばらくぼんやりしたままだった。

「どうかしましたか、ずっと立っていらっしゃいますが」

今度は女性にも久美の声が届いたようでゆっくりと振り返った。

「いえ、なんでも……」

女性は伏し目がちに口を開いた。声は弱々しく、今にも倒れるのではないかと思うほど力なかった。

「良かったら休んでいきませんか？」

久美が指し示す『お気に召すまま』を焦点が定まらない視線で見た女性はためらいがちに頷いた。

カランカランとベルを鳴らしてドアを閉めると、女性はほうっと深い溜め息をついた。三十代くらいに見えていたが、近くで見るとまだ二十代といってもおかしくないくらい若いようだった。けれど何かに疲れ切った表情が彼女を老けさせていた。

久美は女性に椅子をすすめ、コーヒーを出した。女性は小さく頭を下げたが、コーヒーにも手をつけず、カップを見つめるだけだった。

「コーヒー、お嫌いでした？」

「いいえ。ただ、一人で外で飲食すると主人に叱られるので……」

それでも女性はコーヒーカップから目を離さない。

「叱られるって、子どもじゃないのに」

「私は子どもより情けないから」

さも、それが当然だと思っているように女性は迷いなく言う。

「それ、ご主人に言われたんですか」

「主人も言います、両親も。みんな言わないだけで、みんなが思ってる」

「そんなことない、そんなことないですよ」

女性は静かに首を横に振り、席を立った。

「また、いらしてくださいね」

店の外まで見送りに出て声をかけた久美に、女性は深々とお辞儀して去っていった。

それから週に一、二度は女性が店の外で立ち止まっているのを見かけたが、他の客の対応で表へ出ていけず、その間に女性の姿はいつのまにか消えていた。


その日も久美は常連の梶山の話し相手をしていた。好々爺《こうこうや》といった風情の梶山は、店に日参してお喋りすることを退職後の一番の楽しみにしている。

「久美ちゃん、最近元気がないねえ」

梶山は、ここしばらく、話していてもどこか上の空な久美を心配してくれた。久美は曖昧に笑ってみせる。

そのとき、視線を感じて窓を見ると、女性が店の中を眺めていた。久美と女性の目が合い、女性は一瞬、しっかりした視線を久美に向けた。そこには強い光が宿っていて、いつも見る生気の抜けた顔ではなかった。

「梶山さん、店番お願いします！」

「店番？　あ、おい、久美ちゃん」

梶山の声を振り切って久美は外へ飛びだした。既に女性の姿はなく、きょろきょろとあたりを見回した。いつも女性が去っていく商店街の方へ行ったのか、反対の公園の方へ向かったのか悩んでいると、商店街の方向から斑目が歩いてきた。

「斑目さん！」

慌てて斑目に駆け寄った久美に、斑目はのんびりとした声で答える。

「久美ちゃん、どうした、そんなに急いで」

「女性を見ませんでしたか？　二十代くらいで、黒っぽい服ですごく疲れた感じの」

「さあ、そこまで疲れきった、みたいな人は見なかったが」

久美は公園の方へ駆けだした。

女性を見つけたのは公園を通りすぎて河原に出たあたりだった。やはりいつものように力ない様子で川面を見つめていた。

追って来たはいいものの、どうしていいかわからずに久美は立ち止まった。自分がどうしたいのか、女性と何を話せばいいのか、まったくわからない。けれど放っておくことはできない。久美は女性の元へ駆け寄った。

「あの！」

振り返った女性は久美の顔を弱々しい視線で見つめ、しばらくしてやっと久美のことを思い出したようで、一瞬だけ明るい表情を見せた。

「先日は、ご来店いただいてありがとうございました」

「ご来店……。おじゃましただけで、お礼を言われることなんて、全然」

「いえ、いらしていただけるだけで嬉しいですから」

女性の瞳が不安げに揺れる。

「そんな……。私なんかがいて嬉しいなんて、そんなわけ……」

「本当ですよ！　本当です！　だから、よろしかったら、今日もいらっしゃいませんか？　なんだかすごく疲れていらっしゃるみたい。あ、それともお宅までお送りしましょうか？　お近くですか？」

女性は力なく首を振る。

「うちは、こちらの方じゃないんです。お店に、おじゃましてもいいですか？」

「どうぞ、ぜひ！」

久美と女性は並んで店へ向かう。女性の足取りは本当に疲れきっていて、一歩一歩を踏みだすのも大変そうだった。久美は女性の歩調に合わせてゆっくりゆっくりと歩く。

二人の歩みに合わせるように、女性はぽつりと呟いた。

「赤ちゃんが、できたんです」

「わあ、おめでとうございます」

女性は首を振ると、立ち止まった。

「きっと主人は子どもなんかいらないって言う。子どもが嫌いなの。きっと私にも愛想を尽かしてしまう」

久美は「そんなことない」と言いたかったが、先日見た男性の態度を思い出すと気楽にその言葉を口に出すことができない。二人は押し黙ったまま店にたどりついた。

カランカランとドアベルを鳴らして店に入ると梶山は既に帰ってしまったようで、斑目がショーケースの向こうで店番をしていた。

「いらっしゃいませ」

斑目の声に女性はびくりと体を硬くして一歩下がり、久美にぶつかった。

「あ、ごめんなさい」

「いえ。あの、どうかなさいました？」

「あの、私、男性の側にいると主人に叱られるので……」

「男性の側って、そんなこと言ったら買い物もできないじゃないですか。毎日、どうしてるんですか？」

「それは、主人と一緒に」

久美は呆れて口を開けた。

「そんな。それじゃあ、自分で好きなものも買えないじゃないですか」

「私は主人に食べさせてもらってるんだから、主人が与えてくれるもので満足すべきなの。自分で何かを選んだりしないの」

「それ、本気で言ってるんですか？」

女性は深く俯いて視線を泳がせる。

「お茶をどうぞ」

斑目が二人分の茶碗をテーブルに置き、厨房の方へ姿を消した。女性はほっとしたように顔を上げた。

久美は女性の背を押し椅子に座らせる。女性は申し訳なさそうに椅子の端に腰掛け、茶碗には視線すら向けようとしない。何かに脅えて小さく小さく縮こまっている。久美は何がここまで女性を脅えさせるのかと悲しくなった。

「好きなお菓子、なんですか？」

久美の唐突な質問に女性は「えっ」と小さな声を出し、顔を上げた。

「好きなお菓子食べたら、リラックスできるかなって。あの、えっと胎教にもリラックスは大事だから」

しどろもどろに言い訳する久美の言葉が聞こえているのかどうか、女性の視線はテーブルの上をさまよう。

「突然言われても困りますよね、あはは……」

「アイス」

「え？」

「エルダーフラワーアイス」

「エルダーフラワーのアイスクリームですか？」

女性は子どものように、こくんと頷く。

「ご用意します！　エルダーフラワーアイス」

不思議そうに久美を見上げる女性の手を、久美は両手で力強く握る。

「だから、また来てください」

女性は困ったように目を伏せたが、久美の手に包まれた自分の手を見てほんの少しだけ、小さく頷いた。

お茶を飲み終えた女性を見送って店内に戻ると、斑目が火をつけないままのタバコを口にくわえて壁にもたれて立っていた。

「斑目さん、店内は禁煙ですよ」

決して火をつけないとわかってはいるが、それでも久美は一応注意する。

「久美ちゃん」

テーブルのかたづけをしていた久美は、いつもよりずっと低い斑目の声に顔を上げた。

「人にはそれぞれ事情がある。あまり首を突っ込みすぎるなよ」

「でも、気になります」

「幸せも不幸せも己れのものだ。外野がごちゃごちゃ言うもんじゃないぜ」

久美はそれが、いつも進んで人の面倒をみる斑目の言葉とは思えず、斑目の目をじっと見つめる。斑目は気まずそうに視線をはずすと、ショーケースの裏に置いていたバックパックを肩にかけて、俯きがちに店を出ていった。

「荘介さん、私、いらないお節介でしょうか」

閉店後、久美は帰り支度をする間もなく厨房に向かい、明日の仕込みをしていた荘介に昼間のことを語って聞かせた。

「彼女は困ってるように見えたんです。誰かが助けてあげないと倒れちゃいそうで。でももしかしたら、それは私の思い込みだったんでしょうか」

荘介は手仕事を中断すると久美と向き合う。

「その女性はアイスクリームを食べに来てくださるんでしょう？」

「はい」

「なら、僕たちは最高のエルダーフラワーアイスを作って召し上がっていただく。今はそれで十分なんじゃないかな」

久美は不安そうに呟く。

「召し上がってくださるでしょうか」

荘介は温かな手で久美の頭をぽんと撫でた。

「食べずにはいられないくらい美味しそうなアイスクリームを作ります」

久美はこくりと小さく頷いた。


それから数日後、荘介は隣の花屋『花日和《はなびより》』で珍しい生花のエルダーフラワーを仕入れてきた。緑の細い茎に小さな小さな白い花がたくさん咲いている様はレースのようで、まるでウェディングヴェールのようにも見える。

「エルダーフラワーって初めて見るお花です」

「これは西洋ニワトコと呼ばれる木の花です。日本では乾燥させてハーブティーにすることが多いんですが、ヨーロッパでは生花でシロップを作って飲む習慣が古くからあるそうです。万能の薬箱と呼ばれるほど、さまざまな効能があって不安を軽減する作用もあります。葉は湿布薬や染料にもなります」

荘介は久美に説明しながらエルダーフラワーの茎を慎重に取りのぞく。

「ずいぶん丁寧に茎を取るんですね」

「エルダーフラワーの茎と実は食べられないので、花以外は取っておくんですよ」

砂糖に少量の熱湯を注ぎよく溶かしてから、花を漬けて蓋をする。

「このまま二十四時間置いておけばエルダーフラワーコーディアルのでき上がりです」

「コーディアルってなんですか？」

「もともとはハーブなんかをアルコールに漬けた薬効のあるお酒を指していたんだけど、最近ではシロップや濃縮果汁などで健康維持するための飲み物もコーディアルと言うんだ」

でき上がったシロップでアイスクリームを作る。

牛乳と生クリームを合わせたものを火にかけ、沸騰直前まで熱して、砂糖と卵黄を混ぜた液に少量ずつ分けて入れ、ダマにならないようによくかき混ぜる。

よく混ざったら鍋に戻して、とろ火で練っていく。

クリーム状になったら火から下ろし、目の詰まったこし器でこす。

エルダーフラワーコーディアルを入れて、氷水にボウルの底を当てて冷ましながら攪拌《かくはん》して粗熱を取る。

それを冷凍庫で冷やし固める。

一時間おきに取りだしては練る作業を、なめらかになるまで何度も繰り返す。

「それで久美さん、その女性はいつ店にいらっしゃるんだろう」

久美は申し訳なさそうに肩をすくめた。

「それが……、日にちのお約束はしていなくって……」

「大丈夫ですよ、そんなに小さくならなくても。来てくださるまで何度だって作りますから。コーディアルもたくさんできましたしね」

「はい……」

それから数日待っても女性は姿を見せなかった。荘介は二度、アイスクリームを作り直し、久美はやきもきしながら窓の外を見つめ続けた。

それからまた数日が経って、ふと顔を上げた久美の視線の先に女性の姿が見えた。以前、一緒にいた男性と歩いている。いかにも弱々しげに疲れているように見えるのに、男性は気にもとめずに大股で歩いていく。女性はついていくのも辛そうだった。

「こんにちは！」

久美は店から飛びだすと二人の前に立ちはだかり、大きく手を広げた。

「なんだ、あんたは？」

男性は驚いて足を止め久美を警戒するように身を硬くした。

「あの、奥さまがずいぶんお疲れみたいですけれど、よろしかったら休んでいかれませんか？　うちの店、そこなんですけど」

久美が指差すと、男性はびくりと体を震わせて店の方へ目をやる。

「お菓子の店ですがサービスでお茶もお出ししてますから、お茶だけでもぜひ」

「タダか？」

「はい、無料サービスです」

男性はなぜか、偉そうに店に向かって歩きだす。久美は女性に微笑みかけ、女性の歩調に合わせてゆっくりと歩いていった。男性は店に入るとさっさとイートインスペースの椅子に座り椅子の背に肘をつき、店内をぐるりとにらみつけた。

その前の席に女性は腰かける。男性は自分の妻をじろりとにらみ鼻息を一つ、ふん、と大きな音で吐きだした。

「ちっぽけな店だな」

「雅彦《まさひこ》さん……」

女性が言葉を止めようとしていることにも気付かずに男性は苦々しい表情で叫ぶ。

「お茶はまだか！」

久美は蕎麦茶をテーブルに置いた。男性は茶碗に鼻を近づけて匂いを嗅《か》いでいたが、顔をしかめると久美を怒鳴りつけた。

「お茶と言ったら緑茶だろうが、なんだよこれは！」

「蕎麦茶です。体にいいんですよ」

「こんな得体の知れないものが飲めるか！」

女性は怒鳴る男性をなんとかしようと思っているらしく手を差し伸べてはいるが、言葉は出てこない。

「まったく最近の若いやつはお茶一つ淹れられないとは」

久美は無表情に男性を見下ろす。男性は逃げるように久美から目をそらし、きょろきょろと落ちつかなげに視線をさまよわせた。

「も、もういい。おい、帰るぞ！」

男性は椅子を鳴らして立ち上がりさっさと歩いていくが、女性は下を向いたまま唇を噛んで座り続ける。男性は女性がついてきていないことに気付き、振り返った。

「おい！　何をしてるんだ、行くぞ！」

女性は重たそうに、やっとの思いで立ち上がった。

「エルダーフラワーのアイスクリーム、できてますよ」

女性は久美の顔を見つめた。

「できていますよ」

久美は優しく微笑む。

「おい、いい加減にしないか！」

男性が戻ってきて女性の腕を握って無理矢理引っぱった。ガタン、とテーブルが傾き、二つの茶碗が転がり落ちて割れた。

男性は舌打ちしてそのまま行こうとする。女性がその手を振り払った。

「おい？」

「……私の名前は『おい』じゃありません」

「なんだって？」

女性は強い視線で男性の姿をとらえると力のこもった声を出した。

「私の名前は『おい』じゃありません。私は子どもじゃありません。一人で買いものだってできるし、自分が好きなものぐらいあります」

「何言ってるんだ、お前は。バカだな」

「ええ、バカです。でもあなたよりはマシです、雅彦さん。私は自分が知らないということを隠すために大声を出したりしない。弱い立場の人を脅したりしない」

「俺がそんなことをしたって言うのか。いつだ、言ってみろよ！」

「いつだって……、今もよ。そうやって大きな声を出しても無駄よ。もう恐がったりしない。私はエルダーフラワーのアイスクリームを食べるの。あのときみたいに我慢なんか、もう二度としない」

それまで真っ赤になって怒鳴っていた雅彦の表情が少しだけ和らいだ。

「エルダーフラワー？　あのとき？　なんのことだ」

「新婚旅行のときよ。ノルウェーのホテルのレストランで、雅彦さん、グラスが汚いって怒鳴って出ていったでしょう。あのとき、エルダーフラワーのアイスクリーム、私食べたかったのに無理矢理席を立たされて。もう我慢しません。私はここでアイスクリームを食べるまで帰りません」

　雅彦はぽかんと口を開けて女性の顔をまじまじと見つめた。

「お前、そんなに食い意地が張ってたのか」

　女性は真っ赤になって俯いた。

「私の名前は『お前』じゃありません」

　雅彦はしばらく視線を宙にさまよわせたが、女性から目をそらして気まずそうに呟いた。

「亜紀《あき》、そのアイスクリームはうまいのか」

「……知りません」

「うまいかも分からんものに金は払わんぞ」

「お金くらい、自分で払います」

「働いてもいないのに……！」

　言い合う二人の間に、久美はエルダーフラワーのアイスクリームを二つ置いた。

「どうぞ、ご注文の品です」

　亜紀は雅彦をじっと見上げる。雅彦はその視線に耐えきれず椅子に座った。亜紀はスプーンを取ると、アイスクリームをほんの少しだけ削って口に運んだ。

「美味しい」

　花が開くように満面に笑みが広がった。雅彦は横目で様子をうかがっていたが、亜紀の食べっぷりから美味しそうだということを確認して、アイスクリームを一息に半分ほども口に突っ込んだ。

「ふん。まあまあだな」

亜紀は雅彦の言葉を無視して、幸せそうにアイスクリームを食べていく。

「エルダーフラワーって、リンゴやブドウみたいな爽やかな香りがするんですね。とっても清々しくて甘くて美味しい」

亜紀の笑顔は輝くばかりで、雅彦は横目でチラチラと亜紀の様子をうかがいながらアイスクリームを三口でたいらげた。亜紀はゆっくりと味わって食べ終わると、椅子から立ち上がって床に落ちて割れた茶碗の欠片《かけら》を集めはじめた。

「あ、お気になさらないでください、私がやりますから」

慌ててしゃがみ込んだ久美の手を、亜紀がそっと押さえた。

「させてください。私、今まで何もしてこなかったから。雅彦さんが叫んだり壊したりしても、びくびくするだけで何もしなかったから」

「おい、人聞きが悪いこと言うな！　俺がいつそんなことをしたっていうんだ」

亜紀は淡々とした口調で雅彦に目も向けずに宣言する。

「私、赤ちゃんを一人で育てますから」

「赤ちゃん？」

雅彦が首をひねっている間に亜紀はかたづけを終えた。久美が持ってきたダストボックスに茶碗の欠片を放り込んで、亜紀は自分のお腹を撫《な》でた。

「赤ちゃんができたのよ。私、この子のために強くなるの。もう雅彦さんの言う通りになんかならない。私は私とこの子のために生きるの」

「お前、子どもができたのか！」

「怒鳴っても無駄よ、この子は私が……」

「なんで早く言わないんだ！　やったじゃないか！」

雅彦は立ち上がると亜紀の手を取りぶんぶんと振った。

「俺の子どもか、よかった！　やった！」

亜紀はぽかんと口を開けた。

「雅彦さん、子ども嫌いだって言ってたのに」

「他人の子は嫌いだ。だがもちろん、俺達二人の子なら嬉しいに決まってるだろう」

雅彦はくしゃっと顔に皺を寄せた笑顔で、やった、やったとはしゃいでいる。驚きのあまり言葉も出なかった亜紀の表情が、ゆっくりと笑顔に変わり、目尻に涙が溜まっていくのを久美は嬉しそうに見つめていた。

斑目は厨房で荘介が盛りつけたエルダーフラワーのアイスクリームを食べながら久美の話に耳を傾けていたが、話を聞き終わると渋い表情で残りのアイスを一飲みしてしまった。

「どうしたんですか、斑目さん。恐い顔して」

「赤ん坊、本当に幸せになれると思うか？　その両親のもとで」

「うーん。ご主人は問題かもしれないですね」

「俺には母親の方が問題な気がするがな」

「亜紀さんが？　どうしてですか」

斑目は腕組みをしてじっと床を見つめる。

「自分の意見を持たず旦那の言いなりになって、そんな母親に本当に子どもを育てる権利はあるのか？」

荘介がやんわりと口をはさむ。

「今はちょっと問題ありでも、これから変わればいいいんじゃないかな」

「人一人の人生がかかってるんだぞ。そんな悠長なこと言ってたら、大失敗して後悔するに決まってる」

「失敗したらだめですか？」

久美の言葉に斑目はきつい視線で反論する。

「だめだ。子どもには失敗がつきものだろう、それを正せない大人が子育てなんてしたらいかんだろうよ」

「でも」

久美は斑目の視線をしっかりと受け止めた。

「親だって親になるのは初めての経験なんですもん。失敗して、でもそこから学んで、子どもと一緒に成長していけるのが、家族なんじゃないでしょうか」

　斑目はしばらく久美を見つめていた。久美の目はまっすぐに斑目に向けられて、人は変われるということを本当に信じていると感じられた。

　斑目は自分の考えが揺らぐのを、なぜか恐れた。そんな思いを振りきるように首を振ると、今までの表情をなかったことにしようとするかのように、ニヤリと笑ってみせる。

「じゃあ、久美ちゃんの子どもはすごい勉強家になるな」

「どういう意味ですか、それ」

「久美ちゃんから学ぶものが多そうだなって意味だ」

「私が失敗ばっかりするって言ってるように聞こえるんですけど」

「そうとも言える」

　久美はぷりぷり怒って店舗の方へ戻っていく。斑目はその後ろ姿をじっと見つめた。

「斑目、僕も久美さんの言葉に賛成だよ。失敗しない人間はいない」

　荘介の言葉に斑目は頷けないし、振り返れない。そうやって動くことができないまま立ちつくしていた。

山笠《やまかさ》があるけん博多たい！

「斑目さん！　どうしたんですか、その格好」

「どうって、この時期の博多の盛装はこの長法被《ながはっぴ》だぜ、久美ちゃん」

六月中旬、しばらく姿を見せなかった斑目がひょっこり店に顔を出した。いつものジーンズ姿ではなく、紺色に白く模様が染め抜いてある、膝丈より長いくらいの長法被を身につけている。足許は雪駄《せった》履きで、白いパッチ、しかしいつものバックパックだけは変わらず肩にかけていた。

「ながはっぴ？」

小首をかしげる久美に、斑目は口を尖らせてみせる。

「なんだよ、久美ちゃん。福岡生まれなのに山笠知らんのか」

「山笠は知っとるけど……。あ！　そう言えば、その衣装見たことあるかも」

「そうだろ、そうだろ。夏と言えば博多の町は山笠だからな。山男《やまおとこ》が燃える季節だ」

久美はいたずらっぽく笑う。

「お祭り気分で浮かれてるんですね？」

「そうだよ。山男はみんな浮かれてるぜ」

「山男っておみこしを担ぐ男の人のことですか」

「うーん。ちょっと惜しいな。山笠はみこしじゃなく『山』と呼ばれる山車《だし》を担いで走る。それを山を舁《か》くって言うんだ」

「へえ。くわしいんですね、斑目さん」

二人の声に、厨房から荘介が顔を出した。

「斑目は山のぼせだからね」

「おうとも。のぼせ上がってるぜ。なにしろ博多に生まれたからには山笠に関わるってのは名誉だからな」

腰に手を当ててふんぞりかえる斑目に、久美が尋ねる。

「あれ？　でも斑目さん、福岡生まれじゃないっちゃない？」

斑目は目を見開いた。

「どうしてわかったんだ、久美ちゃん」

「だって博多生まれの人とはイントネーションが違うけん。関東生まれの人なんだなって思ってました」

荘介はとんでもなく意外だ、という表情で久美を見つめる。

「するどいですね、久美さん。方言研究家だったんですか」

「まったく驚いたな。久美ちゃんにそんな特技があったなんて」

二人が久美いじりを始めたのにムッとして、久美は黙って仕事に戻った。斑目はにやにやと久美に絡みだした。

「久美ちゃん、せっかくの研究成果を見せてくれよ。得意の博多弁ばりばりで喋ってみるのはどうだ」

久美はキッと顔を上げて斑目をにらんだ。

「そう言う斑目さんこそ博多弁で喋ったらどうですか。博多のお祭りに参加するくらいだから、言葉も流暢《りゅうちょう》なんでしょう?」

「そりゃそうたい。俺は小さい頃から博多ん坊やけんな。ぺらぺらたい」

よろりとよろめいた久美が助けを求めるように斑目から荘介に視線を移す。

「荘介さん、斑目さんの博多弁が気持ち悪いです。役者さんが慣れない方言で演技してるのを見たときみたいに、背中がゾワゾワします」

「うん。僕もそう思うよ」

斑目はがっくりとうなだれた。久美がさすがに言いすぎたかと慰めようとすると、斑目は不気味な笑い声を立てだした。

「……ふっふっふ、そんなに気に入ってもらえたとやったら、博多弁で喋り続けないけんな、お二人さんのために」

「やだ、気持ち悪い。斑目さん、やめてくださいよう」

「いやいや、遠慮せんで久美ちゃん。ようと、ご堪能されんしゃい」

久美は救いを求めて荘介に首を向ける。荘介は久美をからかい足りないことを残念そうに思っているらしい表情をしたが、泣きそうな目に負け話の矛先を変えてやることにした。

「それより斑目、今日は表から入ってきたんだね」

「おうさ。今日は注文があるけんな」

「注文？　斑目が？　明日、雨を降らせるつもりなの？」

荘介が心底驚いたという表情で言うのを、斑目は苦い顔で受け止める。

「俺がお菓子ば買うとは、そんなに珍しかことか？」

「珍しいよ。いつも裏口から勝手に入ってつまみ食いするのに」

斑目は苦い顔をさらにビターにした。

「よかけん、注文ば聞いちゃらんね」

「あのう、斑目さん」

久美がそっと横合いから口を挟む。

「なんね、久美ちゃん」

「やっぱり、そのう、博多の発音とちょっと違って聞き取りづらいです」

斑目は一瞬、あっけにとられた表情になり、がっくりと肩を落とした。

「そうかあ。俺の発音はまだまだ博多に浸りきってないんだな」

「しかたないよ、斑目。生まれた場所の言葉っていうのはなかなか抜けないよ」

久美は猫のようにくるりと目をきらめかせて尋ねる。

「斑目さんの出身ってどこなんですか？」

「うん……。関東だ」

いつもと違い歯切れの悪い斑目に、久美は重ねて聞く。

「関東っていっても広いじゃないですか。東京とか、埼玉、群馬、それから……」

「それより荘介、お菓子の注文だ」

斑目は久美の言葉を無視して荘介の方に向き直る。そんな反応は一度も見たことがない久美は驚いて言葉を引っこめた。

「博多水無月《みなづき》を作ってくれ」

「うん。数は？」

「六十個くらいだ」

「山笠の寄り合いで使うの？」

「そうだ。一つ美味いのを頼む」

「任せてよ。とっておきを用意するから」

驚きから立ち直れないまま二人の会話に追いつけない久美は、それでも一生懸命、予約票に斑目の注文を記入していく。

「じゃあ、頼むわ」

そう言うと斑目はちらりと力なく久美に笑ってみせて、店を出ていった。久美は斑目のいつにない様子を荘介に問い質《ただ》したかったが、荘介はさっさと厨房に戻ってってしまい、話を聞けるような雰囲気ではなかった。

「荘介さん、博多水無月ってなんですか」

久美が荘介に話しかけたのは夕方、いつもどおり荘介が放浪から帰ってからだった。

「博多の和菓子店が共同で行っている、夏の恒例イベントのようなものだよ。小豆とソラビ粉を主原料として笹で巻くということだけが決まっていて、あとはその店独自のお菓子を作るんだ」

「へえ。水無月っていうくらいだから、六月限定なんですか？」

「そうだね。だいたい山笠の時期と重なるよね」

久美は頬に人差し指を当てて首をかしげる。

「山笠って七月だったような気がするんですけど」

「本番は七月だけど準備は六月中に始まるんだよ。だから斑目も、もうお祭り気分だったでしょう」

「でも……」

言いにくそうに口ごもる久美の言葉を、荘介は優しい目で促す。久美は思い切ったように言葉を続けた。

「斑目さん、暗かったです。私が出身のことを聞いたからですよね。聞いちゃいけないことだったでしょうか」

「いけないってことはないよ」

荘介は優しく微笑む。

「けれどそれを聞くのは、今じゃないのかもしれないね。いつか斑目が話す気になったら、聞いてやって」

「わかりました」

久美はそっと頷いた。

翌日の朝早く、ワラビ粉と水で戻した小豆を調理台に置き、笹を洗って干してから、荘介は嬉しそうにレシピノートを広げた。

「荘介さん、もう水無月の準備を始めるんですか？」

出勤してきた久美が厨房を覗いた頃には荘介はもうワラビ粉に取り組んでいた。

「うん。せっかくだからいくつか種類を作ってお店にも並べようかと思って」

「荘介さんの本領発揮ですね」

嬉しそうに笑いながら、荘介は手を動かし続ける。

ワラビ粉と砂糖、水を鍋に入れて火にかけ、混ぜて固めていく。ある程度固まり褐色にでき上がったワラビ餅を三つに分け、一つにはクマ笹のエキスを入れて緑に、一つには漉し餡を混ぜ込んで紫に、一つはそのままの色味で粗熱を取っていく。

緑のワラビ餅でこし餡を包み丸くしたものを笹でくるんで一品。

透明なプリン型に笹を敷き、杏仁豆腐をのせ、その上にこし餡をすりながした牛乳寒天、さらに上に紫のワラビ餅をのせて一品。

笹の上に四角に切った琥珀《こはく》色のワラビ餅を敷き、小豆を七粒のせ、黒蜜を寒天で固めた薄衣を被《かぶ》せる。これで合わせて三品ができ上がった。

緑、紫、黒の三色の水無月を調理台に並べ、荘介は満足して頷く。

しばらくすると、昼休憩に入るために久美がひょっこりと厨房に顔を覗かせた。

「久美さん、水無月できていますよ。試食しますか？」

「もちろんです！」

嬉々として調理台に近づいた久美の目が水無月に釘付けになった。

「わあ、なんだか上品ですねえ。渋い色味で風情があります」

「伝統行事だから古風に作った方がいいかと思って」

久美は三品のお菓子をうっとりと眺めながら荘介に尋ねる。

「博多水無月って伝統行事なんですか」

「うん。夏越《なごし》の祓《はらえ》のときに食べたというお菓子を再現してるんだよ」

「ナゴシノハラエ？」

「邪気を祓って無病息災を願う神事だよ。茅《ち》の輪くぐりって聞いたことないかな。神社の境内に大きな輪っかが置いてあって、それをくぐる」

「あ、ニュースで見たことあります。あれのときにお菓子を食べるんですか」

「そう。暑気払いの意味もあって、暑さの疲れを取るために甘いものを食べたそうだよ。さあ、どれからでもどうぞ」

久美は三つのお菓子を見て腕組みして、しばし悩んだが、緑のワラビまんじゅうから手をつけた。つるりと一口でまんじゅうを頬張る。

「なめらかで、常温なのになぜかひんやりしますね」

「ワラビ粉の食感もあるけれどクマ笹のスッキリした味が清涼感になるかと思ってね」

「笹の香りが緑のおまんじゅうの中心からもしっかりして、これぞ笹まんじゅう！って感じがします」

「正統派は大事だよね」

久美は次の杏仁ワラビ餅に手を伸ばす。大きめのスプーンで下の層までガツンとすくい取り、大きく口を開けてスプーンをくわえた。

「杏仁《きょうにん》の香りと餡の味って合うんですね、びっくりです。紫のワラビ餅の弾力のある粘りと、杏仁豆腐のすっと溶ける違いが口の中で混ざって面白い感触です」

三品目のワラビ餅を手に取り、久美はしげしげと眺めた。

「これは餡がちょっとだけなんですね。小豆はなんで七粒なんですか？」

「山笠は舁《か》き山という山車を舁いて走る『追い山』が本番だけど、舁き山は七組、博多の町を走るんだ。その七組を表して七粒にしてみたんだ」

荘介の話を、ふんふんと聞きながら久美は黒糖ワラビ餅を口にした。

「前の二つよりも甘くて、でもしつこくなくて食べやすいです。上品なんだけど食べ応えがあって、ワラビ餅の弾力は一番わかりやすいです。三つともすごく美味しかったです」

荘介は明るい笑顔になって久美に尋ねる。

「それで久美さん、どれを提供したらいいと思いますか」

久美は頬に人差し指を当てて考え込む。

「笹ワラビまんじゅうも捨てがたいですが、杏仁ワラビ餅も美味しいですし、黒糖ワラビ餅もすてきです。どれも美味しいけん、決められません」

その言葉に、荘介は満足げに頷く。

「じゃあ、三品とも用意しよう」

「三品を六十個ずつですか？」

「そうだよ」

久美は恐々と尋ねる。

「料金は……」

「最初に約束した通りの金額でいきます」

渋い顔をした久美は荘介に物申した。

「それじゃ材料費だけで足が出ちゃうじゃないですか」

「大丈夫だよ、ワラビ粉が思ったより安く手に入ったから、その分で賄《まかな》える」

それでも久美は表情を和らげない。

「荘介さんの大丈夫は大丈夫だったことがないじゃないですか」

「それは過去のことでしょう。今というのは刻々と移り変わっていくものですよ。誰も過去にとらわれたまま未来へは向かえない。僕だって成長するし、計算もできます」

滔々《とうとう》と久美を説き伏せようとする荘介の言葉に久美は不承不承、頷いた。

「わかりました。荘介さんを信用します」

荘介は、してやったり、と言いたげに満面の笑みを見せた。

＊＊＊

「おお、太一郎。このお菓子は美味かやないか」

斑目が配った水無月を頬張った世話役が、紫の杏仁ワラビ餅をがつがつと飲みこみながら菓子箱の『お気に召すまま』の店名を指差す。

「お前の同級生のやっとる店やな」

「そうです。贔屓《ひいき》にしていただければと思って持ってきました」

世話役は首にかけた手拭いで口を拭きながら、さも意外だという風に言葉を継いだ。

「お前が何かを頼むなんて珍しか。そげん大切な友達なんね」

斑目は、はにかんだ笑みを浮かべる。

「ええ。自分のことを一番知っていてくれるヤツです」

「そうか。お前の生い立ちも知っていてくれとうとやな」

斑目は一瞬、目を泳がせ、力なく頷いた。世話役は斑目が話したがらない様子にも気付かぬようでお菓子に目が戻っていく。三種類のワラビ餅をぺろりとたいらげた世話役は斑目の肩を力強く叩いた。

「美味いものを作れるヤツに悪いヤツはおらん。友達を大事にせな、いかんぞ。とくにお前の場合、昔のことを知っててくれるヤツは貴重やけんな」

斑目は曖昧な笑みで、その遠慮のない言葉をかわした。

＊＊＊

「荘介、お菓子、大好評だったぞ」

いつものように店の裏口から厨房に入ってきた斑目は、調理台に置かれたアメリカンチェリーを一粒つまみ食いしながら昨日の寄合での評価を伝えた。荘介は、さも当然というように胸を張って答える。

「それはよかった。斑目の面目をつぶさないですんだなら何よりだよ」

「相変らず、自信満々で謙虚なことを言うヤツだな。昔からお前は変わらないな」

「そんなことはないよ。僕だって成長してる。斑目だって変わったよ」

斑目は、ふと目をそらすとポツリと呟いた。

「俺はだめだ。昔となんにも変われないままだよ」

「斑目……」

「あ！　斑目さん、また裏から入ってきてる」

二人の会話を久美の大声が掻《か》き消した。斑目は久美の姿を見ると楽しそうに笑って、悠々と腕を組んだ。

「久美ちゃん。俺は常連だぜ。少しは優遇してくれてもいいだろう」

「斑目さんはお店に入り浸《びた》ってるけど買ってくれたことは片手で足りるくらいしかないやん。そういう人は常連とは呼ばんとよ」

「じゃあ、なんて呼ぶんだよ」

久美は首をかしげてしばらく考えていたが、明るい表情で頷いた。

「おじゃま虫、ですね」

久美のその冗談に、斑目の表情が暗くなる。久美は自分が言った言葉を後悔したが、斑目はすぐにいつもの様子に戻ると明るく話しだした。

「久美ちゃん、俺は仕事のじゃまはしないぞ」

「何言っとうと。いつもじゃまばかりやないですか。それにどうせまたつまみ食いしてるんやろうもん」

久美は斑目が一瞬見せた寂しげな影を払拭しようと努めて明るくふるまう。

「お？　久美ちゃんは千里眼か？」

「見なくてもわかるもん、斑目さんのことやけん」

斑目はにやりと笑う。

「俺のことなら久美ちゃんが誰より詳しいよな。愛だな、愛」

「違います！　勝手に自分の都合のいいように話を曲げないでください！」

久美は顔を真っ赤にして反論する。斑目との会話はいつも通り軽く進んでいく。

二人の様子を見て、荘介はほっと息を吐いた。けれど斑目の明るさが強がりだということは、荘介が一番よく知っていた。

真夏のみかん

店中に爽やかな芳香が広がった。久美は持ってきた紙袋から大きなみかんを三つだけ取りだすと、出窓に置いた。そこから広がる香りを追うように店内に視線を巡らせる。ショーケースには色とりどりのお菓子が並び、窓ガラスは磨きあげられてピカピカで、木製の棚には焼き菓子が溢れるほどにのっている。久美は満足して鼻から大きく息を吹くとショーケースの内側に戻った。

カランカランとドアベルを鳴らして斑目が店に入ってきた。

「あら、斑目さん。表から入ってくるなんて珍しい」

斑目は久美に何か答えようと口を開いたが、すぐに閉じて鼻の根元に皺を寄せ、店内の香りを嗅いでいる。

「久美ちゃん、この匂いはどうした」

「夏みかんですよ。夏にぴったりでしょう」

久美が指差した先にあるみかんを見て斑目は一層、顔をしかめた。呼吸を浅くしてできるだけ匂いを吸わないようにしている。

「これはな、夏みかんじゃなくて甘夏だ」

「甘夏。名前は夏みかんと近いやん」

斑目は甘夏を避けるように壁際を歩いてショーケースに近づいて来た。しかし、その目はじっと甘夏に向けられたままだ。

「夏みかんが原種で、そこから枝変りしたのが甘夏だ。夏みかんよりずっと甘い。旬は四月から五月。真夏の今だと時期外れだ、甘くない」

早口で捲《ま》くし立て、遠くをにらむような表情の斑目を、久美は目を丸くして見つめる。

「どうしたんですか、斑目さん。何か怒ってます？」

斑目はふっと我に返ったという風に表情を和らげると、ショーケースを挟んで久美に向き合った。

「いや、何も怒ってないぜ。ただちょっと……。そうだな。疲れてるかな」

「疲れてるときにはビタミンがいいんですよ。甘夏、一つあげましょうか」

「いや、いい。いらん」

常になくきっぱりと拒絶を口にする斑目に、久美の目はまた丸くなる。斑目は甘夏の香りを避けるように厨房に入っていった。その後ろを、久美がちょこちょことついていく。

厨房はいつもの平日の昼下がりの様子で、がらんとしている。

「今日も荘介さんは出かけてますよ」

「だろうな」

気の抜けた声で答えた斑目はバックパックを肩から下ろすと、中から書類を取りだした。

「なんですか、それ」

「荘介に頼まれた明治時代の西洋菓子のレポートだ。当時の書籍やらなんやらを調べてまとめてある。置いていくからよろしく伝えておいてくれ。じゃあな」

そう言うと斑目は逃げるように裏口から出て行った。久美はぽかんと口を開けて、その背中を見送った。

夕方、店のかたづけに久美が没頭していると、いつの間に帰ってきていたのか荘介が店舗に顔を出した。

「久美さん、斑目が来ていたんですか？」

「はい。でもレポートをおいてすぐに帰っちゃいました」

「珍しいですね、いつもなら閉店まで粘るのに」

ふと、荘介は顔を出窓に向けた。

「すごくいい香りですね、甘夏ですか。ああ、それで……」

「それで？」

久美の質問に荘介は曖昧に「うんまあ」などと呟きながら厨房に戻っていく。久美は首をひねりながらも自分の仕事に戻った。


「あらまあ、すてきな香り」

翌日、店の常連、木内八重《きうちやえ》が店に入ってきた途端、明るい声を上げた。

「いらっしゃいませ、木内さん」

夏だというのに着物姿の八重は、上品な所作で店内を見回し、出窓に置いてある甘夏を見つけた。

「まあ、大きなみかん。これは甘夏？」

「はい。友達からのいただきものなんです。あんまりいい香りだったから飾ってみました」

「今の季節だと、旬を過ぎてあまり美味しくないかもしれないわ。だけどもったいないわね、食べないと。ねえ、お菓子にしてみたら？」

「お菓子にですか」

八重は楽しそうに頷く。

「そう。もったいない精神は日本の美徳だわ。何か作ってくださったら、私いただきたいから、予約しておいてね」

「はい！　ありがとうございます」

和菓子を買った八重を見送って、久美は予約票を手に厨房を覗いた。

「荘介さん、ご予約が入りましたよー」

椅子に座って斑目が作ったレポートを読んでいた荘介は、ぱっと顔を上げると弾むような足取りで久美の側に寄ってきた。

「そうですか。注文は何かな」

久美は予約票を手渡す。

「甘夏のお菓子を〝おまかせ〟です」

「甘夏って、もしかしてあの窓のところの？」

「はい、そうです」

「旬を過ぎた？」

「はい、そうですよ」

荘介は腕組みをしてうーんと唸った。

「なんでそんなに難しい顔をしてるんですか？」

「旬というのは、その食物の最上の状態なわけですよね。それを逃した時期はずれなもので、どうやって旬のもの以上に美味しくするか、ちょっと難しい問題です」

久美は小首をかしげて尋ねる。

「なにも旬以上を目指さなくても、普通に美味しければいいじゃないですか」

荘介はちらりと横目で久美を見る。

「久美さんは美味しいものとすごく美味しいものなら、どちらを食べたいですか？」

「もちろん、すごく美味しいものです」

「もちろん、僕だってすごく美味しいものを作りたいですよ」

納得した久美は甘夏を取ってきて調理台に置いた。

荘介はうーんと唸りながら首をひねっている。

「香りはすごくいいですよね。中身はどうなんでしょう。置きすぎたみかんみたいに甘みが抜けてしまってるでしょうか」

荘介はしばらく甘夏を見つめていたが、ふと久美に尋ねた。
「ところで、この甘夏はどうしたんですか？」
「友達からお土産にもらったんです。熊本に行ったからって」
「甘夏の全国シェア・ナンバーワンの土地ですね。もしかしたら市場に出回らないだけで
まだいい果実が取れているかもしれない」
荘介はナイフを手に取ると甘夏を横にすっと切った。二つに分かれた切り口からはみず
みずしい果汁が溢れ出た。
「うん。これくらいジューシーなら言うことないです。これは皮も利用しましょう」
「皮ですか。食べられるんですか？」
「苦味を取れば美味しくなりますよ」
荘介はさっそく調理に取りかかった。甘夏の皮にそってぐるりと刃を入れ、果肉を皮か
ら外していく。皮を鍋に入れて水から煮立たせ、茹でこぼす。これを二回くりかえし、苦
みを抜いた。
皮の白いワタの部分をほんの少しだけ薄く剝《は》ぎとり水にさらす。水を切ったら軽く絞り、
竹製のざるの上に布巾を敷いて、細長く切った皮を並べていく。
「白い部分を残すんですね。苦くないんですか？」
「苦味は皮の表面、黄色くてでこぼこした方にあるんだ。白いワタは食物繊維も豊富だし、
最近注目されているヘスペリジンも含まれているからね」

久美はころころ転がしながら荘介の仕事を見つめる。

「ヘスペリジンってなんですか？」

「ビタミンPとも呼ばれるポリフェノールの一種だよ。抗酸化作用や抗アレルギー作用が注目されているんだ」

「へえ。じゃあ花粉症の人はぜひ食べるべきですね」

「でも、そのままじゃ食べにくいからね。お菓子にするとちょうどいいよ」

話しながら荘介は甘夏の皮を並べ終えた。

「これで一日干します。明日、乾燥したら甘夏ピールにしていきますよ」

「かわいい語感ですね、甘夏ピール」

「かわいくて美味しいお菓子にしましょう」

荘介はにこやかに、ざるを日陰に移動した。

「甘夏の中身はどうするんですか」

「ゼリーにしよう。柑橘系のお菓子の王道だよね」

甘夏を半分は一口大に切り分け、半分は果汁を搾る。砂糖を加えた果汁を鍋で温め、沸騰寸前で、少量の水でふやかしたゼラチンを入れ軽く混ぜる。長方形の型に甘夏の実を並べ、そこにゼリー液を流し入れた。粗熱が取れたら冷蔵庫に移し、冷やし固める。

「久美さん、甘夏ゼリーができましたよ」

荘介が店舗にいた久美に声をかけると久美は飛ぶように厨房にやってきた。荘介は細かく砕いたゼリーをグラスに入れて久美に手渡した。さっそくスプーンですくって口に入れた久美は、ゼリーにしてはしっかりした歯ごたえを楽しむ。

「酸味が強いけど、酸っぱすぎるというほどではなくて爽やかです。固さがあって食べごたえがあります。これなら和菓子派の木内さんも喜んでくださると思います。荘介さんが作るゼリーって、いつも固めですよね」

「うん。祖父の作ったゼリーが僕の基本だからね。一般的なものより固いから、ゼリーはクラッシュして食べやすくしてるんだ。コーヒーゼリーもそうでしょう」

「うちの店の伝統なんですか」

久美は幼いときに見た、先代の荘介のおじいさんが『お気に召すまま』をやっていた頃や、長い店の歴史に思いを馳《は》せながら甘夏ゼリーをぺろりと平らげた。

次の日、荘介は久美が出勤してくるよりずっと早い時間に作業を始めた。干していた甘夏の皮を十本だけ取り、グラニュー糖と山椒を混ぜたものをまぶしていく。それをまた日陰に戻して乾燥させる。

「おはようございまーす」

「おはようございます、久美さん」

久美はくんかくんかと鼻を動かして厨房内を見回す。

「なんだか漢方薬みたいな匂いがしませんか」

荘介は嬉しそうに笑って小袋に入った茶色の粉を見せた。

「当たりです、粉山椒《こなざんしょう》を使ったんですよ。山椒は漢方にも使われますから」

久美は首をかしげて尋ねた。

「山椒を何に使ったんですか？　朝っぱらから鰻のせいろ蒸しでも食べました？」

「まさか。僕の朝食はカフェオレとクロワッサンです」

「嘘ばっかり。そんなフランス人みたいな食生活してないじゃないですか」

「講釈師、見てきたような嘘をつき、ですね。僕だってオシャレ朝食くらい、ちょちょいとお手のものですよ」

久美は胡散臭《うさんくさ》げに荘介を眺めたが、しかたがないから付き合うかといった表情で、話を振ってやった。

「で、山椒はクロワッサンにかけたんですか？　それともコーヒーに？」

「ああ、コーヒーに山椒は合うかもしれませんね。今度試してみよう。けれど今日は甘夏ピールにかけてみましたよ」

「え？　甘夏に山椒ですか？　美味しいんですか、それ」

荘介は腕を組みあごを上げて得意げな表情を作ってみせる。

「七味トウガラシの七種類の材料を、久美さんは言えますか？」

久美は、う、と詰まってから、おそるおそる口を開く。

「……トウガラシ」

荘介はますます勝ち誇り、嬉しそうに講釈を垂れた。

「トウガラシ、チンピ、ゴマ、アサの実、山椒、ケシの実、菜種。まあ、地域によっても違いますが、そんなところです。この中のチンピというのが柑橘の皮を乾燥させたものなんだ。山椒と合わないわけはないんですよ」

「でも、香辛料的に合っても、美味しいとは限らないじゃないですか」

荘介はでき立ての山椒風味の甘夏ピールを久美に差しだす。久美は顔を引きつらせながら一本取り上げ、端っこを齧《かじ》ってみた。

「あ、なんだか懐かしい味がします。初めて味わうはずなのに、不思議」

我が意を得たり、とばかりに荘介は笑顔をみせる。

「山椒は胃腸を整え、体を温める働きをする漢方薬なんですよ。漢方の香りは日本人には馴染み深いものです。カレーなどは漢方薬の塊みたいにスパイスたっぷりですし、麻婆豆腐には花山椒が使われます」

「なんだか斑目さんが言いそうなグルメ蘊蓄ですね」

「俺がどうしたって？」

突然聞こえた声に二人が振り向くと、斑目が裏口から入ってきたところだった。

「おはよう、斑目。こんなに早いなんて珍しいね」

「今日は打ち合わせがあってな」

久美は甘夏ピールをかじかじと齧りながら斑目に近づいて調理台を指差した。

「斑目さん、今日は甘夏ピールがありますよ」

斑目はちらりと調理台に目を向け、困ったように久美に笑いかけた。

「今日はちょっと腹が痛くてな」

「それなら！　なおさら食べて行ってください。胃にいいらしいですよ」

久美が差しだす甘夏ピールをじっと見ていた斑目は、目を伏せると寂しそうに笑った。

「それは、またにするよ。それより、荘介。昨日のレポート、役に立ったか」

「ああ、すごく助かった。予約の注文に間に合うよ。ミルクホールではすでにマーガリンが使われていたのは初めて知ったよ」

「なら良かった。悪いけど代金の方、頼むな」

それだけ言って出て行こうとする斑目に、久美が呼びかける。

「斑目さん」

斑目は弱々しい表情で振り向く。

「レポートの代金は、出世払いにしてください！」

「え？」

「いつか荘介さんが菓子品評会で金賞を獲《と》った暁《あかつき》に、全国から予約殺到！　抱腹絶倒！　勧善懲悪な事態になったときまで、負けておいてください！」

ぷ、と吹きだして斑目は下を向く。

「な、なんですか、笑ってごまかしてもだめですよ。お金のことはきっちりしないと」

斑目は目に涙をためながら笑いをこらえて口を開いた。

「久美ちゃん、やっぱり最高だな」

「なんですか、やっぱりって。なんだか褒め言葉には聞こえないんですけど」

「そんなことないさ。褒めてる、褒めてる。そうだ、その甘夏ピールはどんな味だ？」

真剣な斑目の視線を受けて、久美はちょっと怯《ひる》んだ。正しい感想を伝えようと、目を天井に向けて考えてから口を開いた。

「懐かしい味です。田舎のおばあちゃんの煮物の味みたいな。もちろんイメージで、醤油《しょうゆ》や味噌味じゃないんですけど。実際は甘くてほろ苦くてピリッとして。全然子ども向けじゃないです」

「子どもには向かない、か」

斑目はまた下を向いた。が、すぐにいつもの不敵な笑みに戻る。

「久美ちゃんもやっと大人の階段をのぼったな。そうやって少しずつ大人の味に親しんでいくわけだ」

久美は両手を握りしめて斑目に噛みつく。

「ずっと前から大人ですから！　大人の味だってわかるもん」

斑目は楽しげに久美と会話を続けていく。その姿を見つめながら、荘介は二つの青い甘夏をそっと、斑目から見えないところに隠した。

花ざかりの無花果《いちじく》

南向きの窓から晩夏の日差しが降ってくる。クーラーが入っているというのに、店内はその日差しでどんどん暑くなっていくようだ。

日焼けさせないため、夏の間は一枚ガラスの大きな出窓のもとに置いた花瓶に花はない。けれど大窓の上、小さなはめ殺しのステンドグラスが花よりも華やかな影を落としている。緑を基調にしたイチジクの木。ガラス製の果実はまるまると美味しそうだ。

その旬の果物に思いを馳せてよだれをたらしそうになっていた久美は、窓の外でステンドグラスを見上げている女性に気づいた。

黒のパンツスーツをびしっと着こなしてビジネスバッグを抱えた、三十代後半くらいに見えるその人は、しばらくじっと真っ赤なイチジクを見ていたが、視線をはずすと大股で歩き去っていった。


「ねえ、荘介さん。デキる女ってかっこいいですよねえ」

いつもの放浪から帰ってきた荘介に、ぼんやりと遠くを見つめる目で久美は語りかけた。

「どうしたんですか、久美さん。突然、フェミニズムにでも目覚めましたか」

「そんな難しい話じゃなくて。今日、すごく仕事ができそうな女性を見たんです。ショートカットがキリッとした表情によく似合ってて、颯爽《さっそう》と歩いて。その辺の男性よりかっこいいというか……」

夢見ているようにも見える久美のまなざしはステンドグラスに注がれている。荘介はその視線を追ってイチジクの模様を見上げた。

「その女性とステンドグラスに何か関係があるんですか？」

「はい。じっと見てたんです、その人、ステンドグラスを。なんだか怒ってるみたいに見えたんですけど、その割には熱心に見つめていて」

「なにかイチジクに思い入れでもあるのかもしれませんね」

そのときカランカランとドアベルが鳴り、荘介と久美は会話を切り上げ仕事に戻った。

それから数日経ち久美が忘れかけた頃、また件《くだん》の女性が窓の外に立っていた。やはりイチジクをにらみつけるように見ている。久美はドアを開けると女性に話しかけた。

「あの、よろしければ店内でご覧になりませんか？」

突然話しかけられた女性は驚いたように目を大きく開き久美を見た。

「今日も暑いですし、涼んでいかれませんか」

女性はじっと久美を見つめた。真っ直ぐな瞳に面映ゆくなった久美はきょろきょろと視線を泳がせた。

「そうね、おじゃましようかしら」

久美は大きく店の扉を開いた。

ドアをくぐった女性はぐるりと店内を見渡し、驚いた表情を浮かべた。

「お菓子屋さんだったのね。今まで気付かなかったわ。この辺りでは珍しい木造だな、とは思っていたけど」

久美はサービスの麦茶のグラスをイートインスペースのテーブルに置く。

「外観が古いので一見すると何屋さんか分かりにくいですよね」

ちょっと困ったような顔で久美が言う。

「創業者はミルクホールのような雰囲気のお菓子屋さんにしたかったそうです」

「へえ、ミルクホール。大正とか明治時代にできたお店なの？」

「そうです、大正の終わりごろにできました。……ミルクじゃなくて麦茶ですけど、どうぞ召し上がってください」

女性は席に座ると麦茶を一気に飲み干した。

「ああ、生きかえったみたい。麦茶なんて何年ぶりかしら」

「大人になるとなかなか飲む機会がなくなりますよね」

「そうね」

女性はグラスをテーブルに戻すと、窓を見上げた。赤く染まったイチジクの実が緑の茂みの中に鮮やかだ。女性の真っ白な顔にきらきらと光が当たる。ステンドグラス越しのその光を見つめる女性の姿はキリッとして近寄りがたい。けれど黙っているのも気づまりで、久美は話しかけた。

「イチジクがお好きなんですか？」

久美の質問に、硬い表情のままで女性は首を横に振った。

「嫌いなの」

そう言いながら、しかし女性の視線はイチジクから離れることはなかった。

「鬼塚薫《おにつかかおる》さん……。この方がイチジクの女性ですか」

女性が置いていった名刺を眺めながら荘介はステンドグラスを見上げた。久美は口をとがらせる。

「嫌いだって言いながら、ずうっと見つめていたんです。結局、一時間くらいぼんやり眺めて帰ってしまいました。お菓子も見ずに」

荘介は不機嫌な久美をあやすように笑顔を向けた。

「お菓子を買っていただけなかったからって、そんなに不機嫌にならなくても」

「不機嫌じゃないです」

「じゃあ、なんでふくれてるんですか」

久美はステンドグラスを見上げる。

「荘介さんのおじいさんの代から大事にしてきたものなのに、嫌いだなんて寂しいんやもん。できたら好きに、ううん、大好きになってほしいです」

荘介は嬉しそうに微笑むと久美の頭をぽんぽんと撫でた。久美の表情が少し和らぐ。

「久美さんの気持ち、きっと伝わってますよ。だからこそ店に入ってきてくださったんでしょうから。きっと好きになってくれます、大丈夫です」

大丈夫、という言葉に根拠はなさそうだったが、久美は少し心が晴れるのを感じた。


「昨日はごめんなさい、お茶だけいただいて帰ってしまって」

翌日、鬼塚薫は再び店にやって来た。

久美は笑顔で今日もグラスに麦茶を淹れる。

「どうぞ寄り道だけでもしていってください。私も一人の店番は寂しいですから」

薫は立ったまま麦茶に手をつけずにショーケースに向かう。青白いその顔はやはり硬い表情だ。仕事中はもっとキツい顔なのかと、久美はかっこいいという憧れだけで見ていた薫の引き締まった顔を、恐ろしいように感じた。

「何？」

久美の視線に気付いた薫が顔を上げて不審そうな表情を浮かべる。久美は慌てて取り繕うように話題をふった。

「今はイチジクが旬で。イチジクタルトがオススメです」

言ってから、久美はしまったと身をすくめる。薫はイチジクが嫌いだと言っていたのに。

「そう。誰が喜ぶのかしら、イチジクなんて」

憎々しげに言う薫に、久美はおそるおそる聞いてみた。

「どうしてそんなに、イチジクが嫌いなんですか」

「イチジクって漢字で書ける？」

「たしか、〝無花果〟って書きますよね」

久美は予約票の品名欄に書いて見せる。女性はその紙を見て、ふと皮肉っぽく笑う。

「あなた、どうしても私にイチジクを食べさせたいの？」

「そんなわけでは……」

「花も咲かない狂った果実に用はないわ」

「え……」

困った久美はそうっと予約票を背に隠した。それを見た女性は申し訳なさそうに眉を寄せて床を見つめた。

「ごめんなさい、責めてるわけじゃないのよ。ああ、嫌ね。私はいつもこう」

「いつもって……」

そのとき、カランカランとドアベルを鳴らして荘介が帰ってきた。

「いらっしゃいませ」

荘介にチラリと目をやった薫は小さく頭を揺らして会釈した。

「鬼塚様ですか？」

「そうですけど」

「ステンドグラスにご興味がおありだとか」

薫は久美に一瞥をくれると荘介に正面から向き合った。

「べつに興味があるわけじゃありません」

久美と話していた時とは比べものにならない攻撃的な声で喋る。

「ガラスに絵を描くなんて機能的じゃないわ。そんな無駄なことにお金と労力を使うなんて非生産的なこと、私は好きになれません。お菓子だってそうだわ。体に悪いものを食べて何になるっていうの。わざわざ糖分や脂肪分をたっぷり吸収して」

店を否定され、久美は反論しようと口を開きかけたが、荘介がちらりと目線を動かして久美を止めた。

「では生産的なお菓子があったら、どうでしょう」

薫は荘介の言葉を鼻で笑う。

「そんなものがあるなら、ぜひ食べてみたいわね」

「ご予約ありがとうございます」

「え？」

薫は片眉を上げる。

「生産的なお菓子のご注文、承りました」

荘介は満面の笑みで頭を下げた。薫は、眼尻《まなじり》を吊り上げると、久美に向かって手を突きだした。

「え？」

「予約票」

　久美が慌ててショーケースの上に予約票とペンを置く。

「違うわ、さっきあなたが書いた紙をちょうだい」

　くしゃくしゃになった予約票には久美の字で「無花果」と書いてある。薫はそこに文字を書き足した。

「〝生産的な無花果のタルト〟……」

　読みあげた久美に背を向けて薫は荘介をにらむ。

「作れるものなら作ってもらいましょうか。イチジクが嫌いな私でも食べたくなるようなお菓子を」


「どうしてあんな人のためにお菓子を作らなきゃならないんですか！」

　久美は両手を握りしめて、ふるふると震わせながら荘介に嚙みつく。荘介は曖昧な微笑を浮かべた。

「鬼塚さんは本当に見た目通りの方だと思う？」

「そうに決まってるじゃないですか。無遠慮で怒りっぽくて冷たい人ですよ。ついでにきれいなものに心動かされることもないんだわ」

「昨日と大分、印象が変わったようだね。でも、本当にそうかな」

　荘介はじっとステンドグラスを見上げている。

「きれいなものが嫌いならステンドグラスなんかに気付くかな。気付いても無視するような気がするよ」

「それは……」

「興味がないならお菓子屋に二度も足を運ぶかな。名刺までくださって」

「そういえば、今日はショーケースを見てくださってました」

「それに、あんなに嫌うってことは、イチジクに対する思い入れが強いってことなんだと僕は思うよ」

　久美は荘介の顔を見上げた。

「でも、鬼塚さんの『思い入れ』がイチジクが嫌いだっていう気持ちなら、きっとイチジクのタルトを喜んではくれませんよ」

　荘介はちらりと久美を横眼で見ると、両手をぱんと打ち鳴らして明るい声を出した。

「さあ、仕事を始めようか」

　仕事といってももう夕方で、お菓子もあらかた売り切れて久美は何もすることがなく、荘介の後ろについて厨房に入った。荘介はコンポート用に取っておいた生のイチジクを調理台に置いた。

「荘介さん、何を作るんですか」

「鬼塚さんのご注文、イチジクのタルトを試作しますよ」

「でも、本当に注文通りでいいんですか？　イチジクは嫌いだってはっきり言ってたのに」

「食べられないと言っていた？」

「いいえ、ただ嫌いなだけだそうですけど」

「じゃあ、大丈夫」

荘介は確信を持って頷く。久美は半信半疑ながら荘介の手元を見つめた。

カシューナッツとくるみ、アーモンド、ハチミツ、水、ココナッツオイル、それとイチジクが調理台に並ぶ。

「あれ？　荘介さん、タルトなんでしょう？　小麦粉は使わないんですか」

「今回は生産的なお菓子だからね。従来の方法に頼らない新しいものの方がいいでしょう」

ナッツ類を細かく砕き、ココナッツオイルと混ぜ合わせ生地を作る。タルト型に敷きつめて冷蔵庫で冷やし固める。

「え！　それだけですか？」

「そう、生地はこれだけ。この上にナッツとハチミツと水でフィリングを作ってイナジクのスライスを飾ったらでき上がりです」

言いながらナッツをペースト状にして漉し器でなめらかになるまで数回漉す。水を入れて伸ばし、ハチミツと混ぜ合わせると粘りのあるクリーム状になった。

「なんだかお菓子作りというよりソース作りみたいですね」

「ソースという言葉には『ペースト状のもの』っていう意味もあるから、あながちまちがいではないですよ」

冷蔵庫から冷えて固まったタルト生地を取りだしフィリングを流して、二ミリほどに薄くスライスしたイチジクを飾ってハチミツを回しかける。

「でき上がりです」

「美味しいんですか？」

荘介は真面目な顔でタルトを切り分ける。久美はその真面目さに不安を感じる。

「食べてみてください」

久美は切り分けられたタルトにこわごわとフォークを刺す。生地はほろりとほぐれて簡単にすくいあげることができた。思いきって大きく口を開けタルトを頬張ると、力強く、うんうんと頷いた。

「しっかり地に足がついているって感じの味がします。ナッツの香ばしさとイチジクの甘さがよく馴染んでいて、美味しいだけじゃなくて体にいいっていうことがはっきりわかります。大地の味っていうか」

「生産的かな？」

「少なくとも非生産的ではないですね」

久美の微妙な反応を荘介は面白そうに眺めた。

それからしばらくして店に藤峰がやってきた。

「あら、何しに来たの」

「ひどい……、そんなに邪険にしなくても。お菓子を買いに来たのに」

「あら、お客様だったの。何をお求めですか？」

「な、なにか、お、お、お、お土産にいいもの、ないかな……」

消え入りそうな声で藤峰は呟きながらだんだんと下を向いていく。

「注文は、はっきりしっかり！」

大きな声で活を入れる久美に視線を戻して、藤峰は真っ赤な顔で大きな声を出した。

「陽さんに喜ばれるお土産ないかな！」

「え、陽さんて、ドラジェの注文の？」

「そ、そそそそ、そう」

「まさか、おつきあいとかしてたり？」

「そ、そそそそそ、そうだよ！　悪い!?」

久美はぽかんと口を開けた。

「藤峰が……、まさか、まさか。えー！　本当に？」

「本当だよ！　なんでそこまで驚くのさ」

「だって、藤峰なんだもん」

「もういいよ……」

気落ちして店を出ようとする藤峰の背中に久美は声をかけた。

「今なら生産的なタルトがあるけど」

「生産的？　何、どんなの、それ」

藤峰が立ち止まり、顔だけ久美の方に振り向ける。

「思い入れを覆《くつがえ》すタルト、かな？」

「なんで疑問形なのさ」

「疑問形じゃありませーん！　荘介さんの作ったお菓子に疑問をさしはさむ余地なんかないんだから！」

「だったら、なんで疑問形なのさ」

久美はぶうっと膨れるとタルトを一切れのさらに四分の一切れだけ器用に切りとり、藤峰に差しだした。

「え……、味見？　くれるの？」

「どうぞ！　お召し上がりください！」

藤峰は久美の剣幕におののきながらもタルトを一かけら口に含んだ。

「ん！　すごい！　五臓六腑に沁みわたる！」

「え、本当？」

「うん。朝ご飯食べてなかったんだけど、一口でもう十分というか……」

久美はショーケースの裏から出てきて藤峰の背中をぐいぐいと押して店の外へ追い出そうとする。

「な、なにするの！　僕は買い物に……！」

「このタルトの良さが分からないなんて唐変木《とうへんぼく》！」

「いや、わかった！　わかってるってば」

力をゆるめた久美は藤峰の前に回ると、神妙な面持ちで尋ねた。

「どうだった？」

「ナッツの香りで元気になれるような、疲れが取れるような味。美味しいよ」

藤峰の言葉に久美は満足して、ハッと職務を思い出しショーケースの中に戻った。

＊＊＊

「これが生産的なお菓子？　普通のタルトに見えるけれど」

予約の日、店にやってきた薫はイートインスペースのテーブルに置かれたイチジクのタルトを半眼で見下ろした。

「どうぞお召し上がりください」

荘介は薫の冷ややかな表情にも臆さずお菓子を勧める。薫はしぶしぶといったふうにフォークを手に取った。イチジクも一緒にフォークですくいとり、タルトの断面をしばらく眺めていた。イチジクごとタルトを口に入れた瞬間、少しだけ頬がゆるんだように見えた。その表情に驚いて久美は目を丸くする。

「お口に合いましたか？」

「まあ、悪くはないわね。で、これのどこが生産的なの」

「生地にしているナッツは栄養豊富で、ビタミン、カルシウム、マグネシウム、鉄などが豊富に含まれて貧血にも良く……」

「ナッツが体にいいのは知っているわ」

びしりと叩きつけるように薫は荘介の言葉を切る。

「それで？　イチジクも体にいいから生産的だっていうの？　こんな花も咲かない狂った果実が。花も咲かせずに実をつけるなんておかしいでしょう？」

「イチジクはちゃんと花を咲かせていますよ」

荘介はイチジクのスライスを指差してみせた。

「この赤い粒の部分が花です。隠れて見えないけれど、イチジクは確かに誇らしく咲いているんですよ」

「えっ！　……でも、花が……？　でも……見えなかったら意味がないわ」

俯いた薫は、なぜか急に小さくなったように見えた。

「せっかく花を咲かせても、誰にも見られないいんじゃ意味なんてないじゃないの」

「イチジクの原産地では」

荘介がそっと口を開く。薫はフォークを皿の上で弄んでいる。

「実の中に小さな虫が入りこんで花の受粉に役立ちます。そこに花があることを、彼らは知っているんです」

ステンドグラスから赤い光がタルトの上に落ちる。きらきらと光るイチジクは瑞々しくつややかで、まるで若い女性の美しさそのもののようだ。

「たった一人でも、その花の美しさに気付いてくれる人がいるなら、それは幸せなことだと思いませんか？」

薫はまた黙ったままフォークを動かしはじめた。少しずつ少しずつタルトが小さくなっていく。もの寂しそうにタルトを食べ続ける薫に、久美はなんと言っていいのかわからず、ただその顔を見つめた。

「私、自分がイチジクみたいだなって思ったの。花も咲かせずに実だけ生《な》って、バカみたいだわ。男性たちの中で、固い鎧《よろい》をつけてるみたいに張りつめて仕事して。まわりの女性はみんな結婚して子どもがいて幸せそうなのに、私には仕事だけ」

久美はなんと言っていいのかわからず、ただ薫の顔を見つめた。今の薫は厳しくも恐くもない、一人の素直な女性の顔をしていた。

「私はね、もう誰からも見放されてるのよ。会社でも部下達からは鬼塚は本当に鬼だと言われている。友達にも愛想を尽かされて最近は連絡もないわ」

タルトを食べ終えた薫は久美が淹れたコーヒーを飲んだ。頬にほんのりと赤みがさし、ふうっとこぼれた吐息は心がほぐれた証に思えた。ステンドグラスを見上げた薫は自嘲気味に笑う。

「でもイチジクでさえ花を咲かせてたなんて。私だけね、無駄に生きてるのは」

「無駄なんかじゃないです！」

久美はテーブルに手をついて身を乗りだす。

「鬼塚さんは一生懸命、お仕事してらっしゃるんでしょう？　かっこいいです。私、憧れます、キャリアウーマン」

薫は弱々しく首を振る。

「はたから見たらかっこよく見えても、中身なんか大したことないわ。毎日毎日、ただ働いて右から左にお金を動かしてるだけ。楽しみもなくてなんのために生きてるかわからない。何も生み出せない、与えることもできない。私なんか誰からも必要とされないのよ」

「そう思っているのはあなただけかもしれませんよ」

「え？」

荘介が窓の外を指差す。男性が慌てた様子で薫に向かって手を振っていた。久美が驚いて口を開く。

「あれ、鹿島さんじゃ」

久美の声に窓の方を見た薫は、鹿島の顔を見て首をかしげた。

「鹿島……？　なんでここに」

怪訝な表情をしていた薫が、ふと表情をゆるめた。

「そういえば、バレンタインに鹿島が提出してきたチョコレートの領収書、『お気に召すまま』っていう名前だったわね」

「鹿島さん、領収書出しちゃったんですか！」

「ええ、チョコレートと一緒にね」

そのときのことを思い出した様子で薫が軽く溜め息をついたところに、鹿島が駆け込んできた。薫のいるテーブルに泣きそうな顔ですがりつく。

「課長！　なんでケータイに出てくれないんですか！」

「え？　あら、マナーモードにしてたかしら」

薫はカバンの中をごそごそと探している。

「あれ？　デスクに忘れてきてるかも」

「もう、しっかりしてくださいよ！　会議の時間、すぐですよ！　課長がいないと始まらないんですから」

鹿島の言葉に薫は、はっと顔を上げた。

「私がいないと……？」

「そうですよ。みんな待ってますよ、課長のこと」

「みんな……。鹿島、あんたも？」

見上げる薫の視線を間近で受けて、鹿島は顔を真っ赤にした。

「も、ももも、もちろんです！」

鹿島はテーブルに両手をついて身を乗りだした。

「薫さんと呼んでもいいですか！」

「はあ？」

薫は片眉を上げた冷たい表情で鹿島を黙らせる。

「な、なんでもないです……」

肩を縮めてどこまでも小さくなりそうな鹿島の姿を見て、薫は楽しそうに笑った。

「先に戻ってて」

薫は立ち上がると力強く言う。輝くように笑う薫に鹿島は見惚れた。

「ほら、早く！」

急かされた鹿島が振り返り、振り返り遠ざかっていく後ろ姿を追うように、支払いを終えた薫は店を出る。見送りに出た久美と荘介に薫は屈託のない笑顔を見せた。

「イチジクのお菓子、生産的でした」

「え、どこがですか？」

思わず聞き返した久美に薫は微笑む。

「私、やる気が出たわ。明日を迎えるための活力が湧いた。それってすごく生産的だわ。お菓子ってバカにできないわね」

そう言うと薫は駆けだした。その後ろ姿は大きく頼もしく、何よりも美しかった。久美はその背中をしっかりと胸に刻んだ。

「私、がんばります！　鬼塚さんみたいなキャリアウーマン目指しますよ」

「久美さんはもう立派なキャリアウーマンじゃないですか」

荘介の言葉に久美は嬉しそうに笑う。

「私、そんなに仕事できますか？」

「それはもう。僕なんか店にいらないくらいに」

そう言うと荘介はさっさと商店街の方へ歩きだした。

「もう、荘介さん、逃げないで仕事してくださいよう」

久美の声は聞こえないふりをして荘介は今日もサボりに出かけていった。溜め息をついて久美はステンドグラスを見上げる。

「あ」

ステンドグラスのイチジクに蝶が一匹とまっていた。まるでイチジクの花の受粉を手伝っているかのように。

久美が見つめていると蝶は軽々と羽ばたいて飛び立った。次のイチジクを探しにいくのかなと、久美は広く晴れ渡った青空をどこまでも飛んでいく蝶を見送った。

もしもしあなたのお味はいかが？

「そ、そ、そ、荘介さん。本当に取材、来るんですか」

久美は朝から緊張で体が強張っていた。

「そんなに緊張しなくても。普通にお話しするだけでいいんですよ」

「そ、そ、そ、そんなこと言ったって、取材ですよ、取材！　しかも、なんで私なんですか！　店主なんですから荘介さんが受ければいいじゃないですか！」

荘介は手にした雑誌をぺらぺらと捲《めく》りながら答える。

「働く女性のためのフリーペーパーって書いてありますからね。働く久美さんからの言葉が聞きたいんでしょう」

「そうは言っても……」

カランカランとドアベルが鳴り、久美は飛び上がらんばかりにびくりと体を揺らした。おそるおそるそちらを見ると、斑目が入ってきたところだった。

「もう、斑目さん！　なんで表から入ってくるんですか！」

「おお？　いつもと言うことが百八十度反対じゃないか。久美ちゃん、熱でもあるのか」

荘介が笑いながら斑目にフリーペーパーを手渡す。

「今日、この雑誌の記者の方が店の取材に来られるんだ。久美さんにインタビューしたいそうで、緊張しちゃって大変なんだよ」

「なんだ、そんなことなら久美ちゃん、予行演習しようぜ」

久美は体を硬くして肩をすくめたまま、うんうん、と小刻みに何度も頷く。斑目はバックパックからＩＣレコーダーを取りだすと久美に向けた。

「ま、ま、ま、斑目さん！　なんでそんなもの持ってるんですか！」

「なんでって、俺もライターだからな。取材くらいするさ」

「やだ、やめてください！」

斑目は面白がっている表情を隠しもせず、一眼レフカメラを取りだし久美に向ける。

「やだって言われてもな。やめちまったら練習にならないだろ。ほら、始めるぜ」

久美はぎくしゃくとショーケースの後ろから出てくると、斑目と対峙《たいじ》した。

「ど、どこからでもかかってきてください」

斑目はにやにやしながらレコーダーを久美の口元に持っていく。久美は思わず一歩下がる。斑目が追う、久美が下がる。そうやって久美は壁際まで追い詰められた。

「斑目、久美さんをからかうのはそれくらいにしてあげたら」

「そうだな。じゃあ、本当に始めるか」

そう言いながら斑目はＩＣレコーダーをしまって、代わりにノートとペンを取りだした。

「え、斑目さん？　レコーダーは？」

「俺はメモ派なんでな。めったに使わん」

「じゃあ、なんでさっきだしたんですか？」

「そりゃ、面白いからだ」

からかわれた久美は斑目に食ってかかろうとした。そのとき、ドアベルが鳴り、そちらへ顔を向けると二十代後半くらいの細身で眼鏡をかけた男性が入ってきた。

「いらっしゃいませ」

久美が笑顔で声をかけると、男性は軽く頭を下げた。

「お世話になります。私、フリーペーパー『ぐっじょぶ』の桜井《さくらい》と申します」

久美の顔色が一瞬で真っ青になった。口も開けず固まった久美のかわりに荘介が立っていって対応する。

「いらっしゃいませ、店主の村崎と申します」

荘介が名刺を差しだすと、桜井は荘介の顔をちらりと見て無言で頭だけを下げ、名刺を受取った。荘介は微笑み、首をかしげてみせた。それを見てからやっと、男性は高級そうな名刺入れから片手で自分の名刺を取りだして、荘介に渡した。

「村崎さん。本日はよろしくお願いいたします。で、斉藤さんは……」

荘介が身を引き、久美を指し示す。久美の顔色はますます悪くなる。

「初めまして、私、桜井です。お電話ではありがとうございました」

「い、い、い、い、いえ。あの、斉藤久美です。は、は、初めまして」

桜井は無表情に久美にも名刺を差しだす。久美はぎくしゃくと受け取った。

「それでは、さっそくインタビューを始めさせていただきたいのですが」

荘介がテーブルに広げていた『ぐっじょぶ』を畳んで、そのテーブルに桜井と久美を手招いた。久美は、やはりぎくしゃくと椅子に座る。

「まず、このお店のことを教えていただけますか」

桜井が無断でテーブルに置いたICレコーダーを見て、久美のぎくしゃくぶりが増した。

「は、はい。『お気に召すまま』は大正時代の終わりごろ先代が始めたお菓子屋さんで、今の店主は二代目です。えっと、えっと、先代は洋菓子専門でしたけど、今の店主は世界中のお菓子を作りたいと店名に『万国菓子舗』と付け足しました。特殊な注文にもなんでも答えます。それで、えっと」

口ごもってしまった久美を、桜井は黙って見ている。

「特殊な注文っていうのは、長崎の桃カステラとか、野菜餡の月餅《げっぺい》とか、やわらかい幽霊飴とか、インドの乳粥《ちちがゆ》とか、夢で見たケーキとか。それから、えっと……」

「確かに変わっていますね。今もお店にはそういった商品が並んでいるんですか？」

商品の話になって久美は調子を取り戻し、いつものようにはきはきと喋りだした。

「注文に応じて作るので、店頭には出ないんです。あ、オリジナルのお菓子はありますよ」

「オリジナルですか。見せていただいてもいいですか？」

「はい、少々お待ちください」

ショーケースから店のオリジナル商品、『アムリタ』を取りだすと、スプーンと一緒に桜井の前に置く。

「これ、うちのオリジナルでアムリタといいます。どうぞ召し上がってください」

桜井はスプーンを取ると、実験でもしているかのように冷ややかな顔で観察してから、アムリタをすくい取った。

「このゼリー、ミントの香りがしますね。イチゴが少々、子どもっぽいですが。白いボールはなんですか？」

久美は「子どもっぽい」という言葉にムッとしたが表情には出さずに答える。

「それは求肥《ぎゅうひ》で包んだ蘇《そ》と水切りヨーグルトです」

「蘇というと、あの牛乳を煮詰めて作るものですか？」

「はい、それです。やっぱり記者さんは、もの知りなんですね」

それからは久美の調子は普段通りに戻り、なんとか落ちついて取材は続いた。桜井はアムリタと、他にも数品写真を撮りながら、首をひねった。

「もうちょっと変わったものはありませんか」

「変わったもの？」

「見た目にインパクトがある、できれば、オリジナルだと一目でわかるものとか」

久美は困って荘介を見やる。荘介は壁にもたれて様子を見ていたが、笑顔を見せると桜井に歩み寄った。振り返った桜井はにらむような上目づかいで、荘介を見る。

「今はないですが、ご注文いただければ、もちろんお作りしますよ」

「注文がないと、作らないんですか」

「そうですね」

「この店の独創性は低いんですね。しかたない。ためしに何か作ってもらって、それを写させていただくというのは、どうでしょう」

「それは大丈夫ですよ」

即答した荘介に、久美は桜井の背中越しに首を横に振って見せる。

「じゃ、その写真を撮りに後日またうかがいます。いつできますか」

「そうですね、明日にでも作れますが」

久美は両手で大きくバツを作って見せる。

「明日？　もう構想はあるんですか？」

「いえ、これから考えます。ですが面白いもの、たしかに作っておきますよ」

「行き当たりばったりなんですね」

久美は桜井の言い草にわなわなと両手をふるわせている。桜井は荘介と明日の時間の打ち合わせを済ませると、素知らぬ顔で帰っていった。

「なかなか強烈な男だったな」

事の始終を見守っていた斑目がにやにや笑って言う。

「強烈どころじゃないですよ。なんですか、あの失礼な態度！　ライターっていう人はみんな、ああなんですか！」

「おいおい、俺を一緒にしてくれるなよ」

「荘介さんも！　何をそんなに落ちついてるんですか！」

「落ちついているというわけでもないですが」

久美がはたと動きを止める。

「じゃあ、ムカついてます？　取材、断りましょうよ」

「まあ、お菓子は作りますよ。さて、さっそく作るかな」

「あれ？　構想はまだ決まってないんじゃなかったんですか？」

「今決めました」

荘介はうきうきと厨房に向かう。

「あいつはお菓子さえ作れたら、それで気が済むんだ。単純なやつだよ」

斑目の言葉に久美はなんとも言葉を返せない。斑目の言うとおりだったが、一緒に腹を立ててほしいというのが本音だった。


荘介が準備した材料は砂糖と水。それと和菓子用の色粉、それだけだ。

砂糖と水を鍋に入れ、かき混ぜながら沸騰させる。百二十度をキープして白っぽくなったら、熱いうちに少量ずつに分けて色粉で何種類もの色の飴を作っていく。

店にある中で一番細い二ミリ径の口金のしぼり袋で、赤い飴の線を一本引く。その隣にオレンジ、黄色、緑、青、藍、紫と七色をくっつけて虹色の帯を作る。

やわらかいうちに半円形に切り分け、くるりと巻いて三角錐の形にする。

着色しない白いままの飴を球形にして三角錐にのせ、顔を描く。三本の弧で描いた無邪気な笑顔。白い飴で羽根も作り、三角錐の背中に貼り付けた。

「かわいい。飴の天使ですね」

「女性ウケするかと思って」

「きっとウケますよ！　すごくいいです」

久美の好評に、荘介は満足の笑みを浮かべた。高さ三センチほどの天使を口に放り込んだ斑目は、ぱりぱりと噛み砕いた。

「味はプレーンな飴だな」

「そうだね、何も入れていないからね」

「かわいいから、いいんです。店に出してる『こぶたプリン』も、プリンの上にこぶたの顔が描いてあってかわいいから、よく売れるんですよ」

「美味しいから、じゃないのか」

「荘介さんのお菓子が美味しいのは当たり前ですから。その上でかわいかったら最強です」

久美は飴の天使の頭をつんつんと突いた。

「かわいいですね、確かに」

翌日やってきた桜井は小さな天使に顔を近付け、マクロレンズで接写する。

めて味わう。

「どうぞ召し上がってみてください」

荘介から勧められて、桜井は天使を口に入れ、右斜め上を見上げながら、ころころと舐めて味わう。

「……普通ですね」

「そうですね」

「味も変わったものは作れないんですか？」

久美はムッとして口を開いた。

「写真なら味は関係ないんじゃないですか」

「雑誌で見るだけならそうです。けれど、私達は記事を見た人が、実際にお店に足を運んで食べてくれることを期待して誌面を作っています。かわいい飴を求めてやって来て、普通の味だったらがっかりするでしょう」

「でも、普通の飴より美味しいです！」

「美味しくても飴は飴ですよ」

久美の顔が赤くなっていく。荘介は横から割って入って久美を黙らせた。

「わかりました。今度は味もこだわったものにします。また取材にお越しいただけますか？」

桜井は頷き、久美はむくれた。

「本当に！　失礼じゃないですか、あの人！　お客様でもないのにお菓子に口を出して」

「仕事熱心でいいじゃないですか」

厨房で天使を量産する荘介に久美はまとわりついて、腹立ちを訴え続けた。

「だいたい、働く女性の記事なんでしょう？　お菓子、関係ないじゃないですか」

「ですが店の宣伝になりますからね」

「でも……」

「久美ちゃんは自分のことを書いてくれないのが不満なんだな」

声に振りかえると、斑目が裏口から入ってきたところだった。

「もう、斑目さん！　裏から入らないでって言ってるじゃないですか」

「昨日と言うことが百八十度違うな。ぐるっと回って三百六十度、元通りだ」

「それに、記事に私のことを書いてほしくなんてありません」

「じゃあ、なんで怒ってるんだ？」

「それは、荘介さんの飴をバカにしたから……」

「本当に久美ちゃんは荘介のお菓子が好きだな。けどな、世界中の誰もが同じ味を好きなわけじゃないぜ」

斑目は苦笑する。

「それは、わかっとるっちゃけど」

「なら、荘介がいろんな味を作るのはいいことじゃないか」

「……そうかもしれんけど」

　荘介は大量の天使を作り終えて腰を伸ばす。

「新しいことに挑戦させてもらえて、僕は楽しいですよ」

「ほらな、久美ちゃん。荘介もこう言ってるし」

　久美はそれでも気持ちが収まらない。

「斑目さんは取材のとき、どうなんですか」

「俺か？　そうだな、とくに注文をつけることはしないな」

「ほら。それが普通なんじゃないですか？」

「さあな、他のやつの仕事ぶりを見たことはないからな。けど、あそこまで自由に仕事するっていうのは、ある意味、すごいよな」

「真似しないでくださいよ」

「まあ、あの態度はいただけないが。仕事にこだわりを持っているところは羨ましいな」

「なんでですか？」

「俺は食い物ならなんでも美味いと思っちまうからな。好みも区別もなしだ。けど、世の中はそうじゃない。不味《まず》いものだってあるんだって伝えることが、俺にはできない」

　荘介は天使の胴体の中に小さく焼いたメレンゲをころころと詰め、飴で蓋をしていく。

「世の中の人がみんな違う味覚をしているから、一品でみんなに好かれる味を作ることはできないよ。斑目が美味しいと言うものを美味しいと思う人もいる、まずいと思う人もいる。それは普通のことだよ。だからまずいものを探ろうとする必要はない、自分のペースでいいんじゃないかな。僕はそう思うよ」

顔を上げた荘介は真っ直ぐに斑目を見据える。斑目は目をそらして、ぼりぼりと頭の後ろを掻いた。照れているのか困っているのかわかりにくい複雑な表情をしている。

久美は首をかしげて荘介と斑目の言葉を聞いていた。斑目はそんな久美の様子に気付き、ニヤリとしてみせる。

「お。久美ちゃんのご機嫌は治ったみたいだな」

「ご機嫌なんて最初から悪くなってません」

「そうか？　俺にはぷりぷり怒ってたように見えたがな」

「見まちがいです」

「じゃあ、ほっぺたがぷっくりしてるのはデフォルトか」

「ぷっくりしてませんから！　しゅっとしてますよ」

荘介ができ上がった天使を、久美と斑目に差しだす。

「はい、新作です。食べてみて」

二人は受け取ると天使を口に入れ、斑目はカリカリ噛み砕き、久美はころころと舐めた。先に食べ終えた斑目が感想を口にする。

「ただ甘いだけじゃなくてメレンゲのレモン味が爽やかでいいんじゃないか」

「えー、そんな味なんですか。まだお砂糖の飴の味しかしてません。荘介さん、噛んだ方がいいですか？」

　荘介は自分も口に天使を放り込むとカリカリと噛み砕く。

「好きなように食べてください。飴なんですから舐めていくのも楽しいですよね」

　久美は荘介と斑目の顔を見比べてしばらく考えていたが、噛まずにそのまま舐め続けることにして、黙って舌の上でころころと天使を転がした。

「この飴ちゃん、名前はつけるのか」

　斑目に問われ、荘介は調理台の上に残った四人の天使を端から指差していく。

「ミカエル、ラファエル、ガブリエル、ウリエルだよ」

「四大天使か。けど、お気楽そうな、天の戦いなんかまったく関係なさそうな天使だ。平和でいいな」

「うん。顔はすごくよく描けたと思う。でも天使というには虹色は派手だったかな」

「いいんじゃないか、子どもなんか喜びそうだ」

「あ！　レモン味がしました！」

　久美の大声に驚いた二人の会話が止まった。久美は気付かず話し続ける。

「口の中でしゅわっとレモン味が弾けて飴の甘さと混ざっていくのが面白いです。途中から味が変わるのも飽きがこなくていい感じです」

「それは良かった。これなら桜井さんも満足してくれるかな」

「しますよ。いいえ、させましょう！」

力強くこぶしを握る久美に、荘介はまた頷いた。

「かわいいですね、確かに」

桜井は先日と同じ感想を口にする。荘介は飴を一つ桜井に勧める。受け取った桜井は飴を口にすると、ころころと転がした。

「やっぱり普通の飴の味ですね、美味しいですけど」

「桜井さんは飴は舐める派ですか。僕は噛む派です」

「飴を噛むのは邪道じゃないんですか？」

「どちらでも大丈夫だと思います。茶道で干菓子として出される飴菓子は噛んで食べますしね。りんご飴もです」

「そう言えばそうですね」

カリカリと音を立てて桜井は天使を噛み砕く。

「ふうん、軽く噛むだけで細かく粉々に砕けていくんですね。霜柱を踏んだときみたいなシャリシャリした感じかな」

「飴をできる限り細くして重ねていますので、一本ずつはサクッと噛むことができます。それを何本も一緒に噛むことでパリパリした食感にしています」

桜井は荘介に向かって口の端を曲げて見せた。どうやら笑ったらしいと久美が気付いたときには、その表情は霜柱のように消えていた。

「なかなか美味しかったですよ。それに、甘い中からレモンの酸味が出てくるのが、ちょっと変わっていていいんじゃないですか」

「それはよかった」

久美は荘介が準備したもう一つのお菓子をテーブルに運ぶ。

「こちらもどうぞ、よろしければ」

大きめに作った白いマカロンに、1センチほどの小型に作られた四人の飴の天使が立って四方を見据えている。桜井の頬がひくりと動く。

「白いマカロンは何味ですか」

「ミルクです。飴の中身はイチゴ味にしてあります」

「一緒に嚙むとイチゴミルクになるんですか。なるほど」

桜井は何枚もいろんな角度からマカロンの写真を取っていく。その間もひくひくと頬が引きつっている。久美はいぶかしげに桜井に声をかけた。

「桜井さん、もしかして……、笑ってます?」

「え?　ええ、はい」

「何か面白かったですか?」

「いや、このお菓子がかわいくて嬉しくなって」

今までの言動からは想像できない桜井の言葉に久美は目を丸くした。

「よろしければ、そちらも食べてみてください」

桜井はマカロンを手に取り、ひくつく頬のまま頬張る。やはり口の端が曲がった不可解な表情だったが、眼鏡の奥で細められた目は確かに笑っていた。

「桜井さん……、笑うの下手ですね」

「よく言われます」

久美の失礼な言葉にも桜井は腹を立てることもなく、マカロンを大事そうに食べ終えた。

桜井の新たな一面を見た久美はあっけにとられ、今までの怒りが飴のように溶けてなくなっていくのを感じた。

桜井はふと思いついた様子で荘介に尋ねる。

「店長さんの写真も撮らせていただけますか」

「はあ、いいですよ」

荘介は首をかしげながらも承諾した。


「お？　久美ちゃん、今日は何をむくれてるんだ」

一週間後、店に顔を出した斑目が、ショーケースにもたれて頬を膨らませている久美に歩み寄った。

「べつにむくれてません」

「この記事だよ」

イートインスペースにいた荘介が最新の『ぐっじょぶ』を掲げてみせる。

「ああ、こないだの取材の。それがどうした……」

雑誌を覗きこんだ斑目が吹きだした。

「斑目さん！　何笑ってるんですか！」

「この記事、全部、荘介になってるじゃないか」

「そうですよ。写真もインタビューも全部、荘介さんですよ。私、すごく緊張したのに損しました」

斑目は腹を抱えてゲラゲラと笑う。荘介は困り顔で雑誌を伏せて置いた。

「まあまあ、久美さん。予行演習だったと思って」

「予行演習ですか？　取材の？」

「はい。またいつかそういう話があるかもしれないじゃないですか」

「でもう、桜井さんみたいな面倒な人はお断りしたいです」

「ははは、なんなら俺が取材しようか」

斑目が笑いながら言う。久美は軽く斑目をにらむ。

「結構です。斑目さんはなんだって美味しいって言うんだったら取材する必要ないじゃないですか。取材は嫌いなものを見つけたときにお願いします」

久美は背中を向けて伝票整理を始めた。

「嫌いなものを見つける、か」

斑目は久美の言葉に寂しそうに笑い、荘介は二人をそっと見守っていた。

辛いのがお好き？

カランカランとドアベルを鳴らして入ってきたのは小学生が一人だけ。

まだ一、二年生に見える小柄な女の子だった。長い髪がきれいに編み込まれた二本のおさげが愛らしい。

『お気に召すまま』は菓子店としては値段を抑えている方だが、それでもどうしてもスーパーやコンビニのスイーツよりは割高になる。小さい子ども一人だけの来店は珍しかった。

おつかいだろうかと微笑ましく、久美はいつもより優しい声を出した。

「いらっしゃいませ。お嬢さん、一人？」

女の子はこっくりと頷くと、おそるおそるショーケースに近づいてきた。久美はショーケースの後ろから出てきてしゃがみ、女の子に目線を合わせた。

「今日は何を買いに来たの？」

女の子はしばらくもじもじしていたが、上目遣いで久美を見て言った。

「辛いケーキ」

「か、辛いケーキ？」

「えみりのママね、甘いのきらいなの。だからお誕生日は唐辛子がいっぱいの辛いケーキにしようってパパが言ったの」

「えーと、えみりちゃんは、予約に来たのね」

「うん」

「えらいね」

女の子は嬉しそうに笑って手をパタパタと振ったが、久美はえみりの注文に困り果てた。

「辛いケーキですか」

えみりを送りだし、予約票を持って厨房を覗くと、珍しく荘介が仕事をしていた。荘介は手を止めると久美から予約票を受け取った。

「これはかわいらしい」

予約票にはたどたどしい文字で「中村《なかむら》えみり」と書いてある。その横にはイチゴがのったケーキの絵が描いてあった。

「イチゴのケーキをご注文なんですね」

「そうなんです。イチゴって辛いものに合うんでしょうか」

「合わせますよ」

荘介は事もなげに言う。

「イチゴは野菜ですからね」

「ええ！　本当に？」

シロップ漬けにする巨峰を洗う作業に戻りながら荘介は話し続ける。

「野菜と果物の分類は曖昧なもので、日本では草本性のものを野菜、木本性のものを果物と分けるそうです」

久美は悲しげに呟く。

「イチゴは果物だとずっと思っていたのに、裏切られた気分です」

「ちなみにスイカも野菜です」

「ショック……」

「まあ、市場では果物として扱われていますが」

「それなら、まあ、許せますね」

そう言いながらも店舗へ戻る久美の足取りは重かった。


久美のショックはしばらく続いたようで、閉店時刻に荘介が店舗に顔を出すと、しょんぼりと書類の整理をしていた。いつもなら、さっさと仕事をかたづけて、ぴったり定時には帰り支度を始めるのだが。

「久美さん、そんなに落ち込むなんて、よっぽどイチゴが好きなんですね」

「それはそうですよ。イチゴには思い出がいっぱい詰まってますから」

荘介はうん、と頷いて同意を表してみせた。荘介にとっても忘れられないイチゴの思い出がある。そのことを知っている久美は、笑顔でイチゴのことを語る荘介を見て、心が落ち着くのを感じた。

「イチゴの思い出の新しい一ページを作りましょう」

荘介に手招かれ久美は元気に厨房に移動した。調理台の上には小さなショットグラスが置いてあり、中にイチゴが一粒入っていた。その姿を見ると、ショックがぶり返してきた。

「裏切り者がおる……」

ぼそり、とこぼれた久美の言葉を笑いながら、荘介はショットグラスにピックを添えて久美に手渡した。

「辛いイチゴです」

久美は無言で受けとるとイチゴを口に放り込んだ。

「……ほんのり辛い？　それよりむしろ酸っぱいです」

「イチゴをワインビネガーとピンクペッパーに漬けています。まだ漬けが浅いから、薄っすらとしか味わいはないよね」

「でも、美味しいです。イチゴの甘さがお酢の酸味とよく合いますね。ピリッとする感じも面白いです」

「三日漬け込んで、ケークサレのトッピングに使いますよ」

「ケークサレ。甘くないケーキですよね。名前は聞きますが、食べたことないです」

「お菓子より料理寄りだよね。お酒のツマミにも合うし」

「荘介さんは食べたことあるんですか？」

「はい。何度か」

「自分で作ったんですか？　料理に近いのに、ちゃんと美味しくできたんですか？　料理は全然できないのに」

　お菓子とパンは美味しく作れる荘介だが、料理の腕はからっきしで、サンドウィッチさえまずくする。これはもう特技と言ってもいいくらいだ。

　荘介は胸を張って答える。

「あまり美味しくなかったです」

「どうするんですか！　ご予約、明後日ですよ」

「練習します。久美さん、明日と明後日、お昼はケークサレをご馳走します」

「それって毒味役ですよね……」

　久美は溜め息混じりに呟いた。


　翌日、荘介は朝から厨房で奮闘していた。

　ケークサレの生地は小麦粉、ベーキングパウダー、牛乳、卵、オリーブオイルをさっくり混ぜて作る。タルト型に敷いた生地の上に野菜とベーコン、オレンジと赤のパプリカ、たっぷりの唐辛子の輪切りをのせて塩こしょうをし、生クリームに見立てたチーズをのせてオーブンで焼く。

　ホワイトグラタンか手作りパンが焼けるような香りがして、荘介は自信満々に焼き立てを久美に食べさせた。

「どうですか？」

「……まずいです」

「どんな風に？」

「生焼けっぽくて、野菜になんだかえぐみがあって、食感がベタベタしています」

荘介は無言で一口味見した。

「…………」

残りのケーキを久美から見えないところに隠して、荘介は次の試作に取りかかった。

結局この日、久美は五切れのケークサレを試食した。味は少しずつ良くなっていたが、まだ店に出せるレベルではない。五度目の試食を済ませ、久美は首を横に振った。

「ケークサレも甘いケーキも作り方は同じようなものなのに、なんで美味しくならないんでしょう」

「…………」

荘介は久美の疑問に答えを出せない。

「なんか美味そうな匂いだな」

裏口から斑目が入ってきた。

「斑目さん、いらっしゃい」

斑目は目を真ん丸にする。

「いつもみたいに『裏口から入るな！』って怒らないのか？」

「今日はそんな余裕はないです」

久美はケークサレを一切れ皿にのせ斑目に渡す。

「おいおい久美ちゃん、食い物までサービスしてくれるなんて、本当にどうしたんだ？

まさかこいつに毒でも入っているのか？」

「スランプです」

「ババ抜きや七並べをするやつだな」

「それはトランプです！　茶化さないでください！」

久美の怒りは放っておいて斑目はケークサレを口に入れた。

「生焼けっぽくて野菜にえぐみがあって、食感がベタベタしてるな」

率直な意見に荘介は肩を落とす。

「けどまあ、味付けは悪くない。野菜を繊維にそって切ってグリルしてから入れればいいんじゃないか」

「グリルか！　それはいいかもしれない」

荘介はさっそく、野菜を切りはじめた。オーブンでグリルして、生地と合わせて型に入れ、チーズをのせて焼き上げた。仕上げにイチゴのピクルスを飾る。

「美味しいです！」

「うん、悪くないな。イチゴの酸味と甘みとスパイスの刺激が、ケークサレの辛さと良くマッチしてる」

荘介はほっと胸を撫で下ろした。

「良かった、これで予約に間に合うよ。料理に近い注文だったから冷や冷やしたけど」

斑目は指に付いたチーズを舐めながら荘介を半眼で見下ろす。

「お前はお菓子以外のことをわざと見ないようにしてるだろ」

「そんなことはないよ。料理にだって興味がないことはない」

斑目は荘介の言葉に肩をすくめた。

「興味があるふりをしてるだけだろう。いつでも本音で生きた方がいいぞ」

ケークサレをもりもり食べ、空になった皿を恨めしそうににらむ斑目に久美は、荘介が隠したケークサレを差しだす。

「斑目さん、美味しくないケークサレならまだありますよ」

「食う」

斑目は次々と失敗作を平らげた。

「うん。材料が死んでるな」

荘介が申し訳なさそうに頭を掻く。

「僕が二、三日かけて食べようと思ってたんだけど」

「お前はもう少し普段の食べ物にも気を遣うべきだな。美味いものを食べるのが料理上手への第一歩だ」

まだ説教を続けそうな斑目の言葉を久美が遮る。

「斑目さんはまずいものも食べるのに、料理上手ですよね」

「……俺にはどんな食い物も美味いんだ。味の良し悪しはわかるが、食べられるものにまずいものはない」

久美は感心して何度も頷く。

「立派です」

「だろ？」

「でも、本当にまずいと思うことはないんですか？　今まで食べたもの全部？」

困った顔で斑目はそっと目を伏せた。

「昔のことは忘れたけどな」

「昔は偏食な子どもだったりして」

久美がからかう調子で言うと、斑目は弱々しく呟いた。

「……かもな」

意外な斑目の反応に久美は驚き荘介の方を見たが、荘介は久美と視線を合わせない。斑目も黙りこんでしまった。

不思議な沈黙が厨房に広がる。久美は気落ちした斑目を心配している。荘介も同じだろう。では斑目は？　斑目は今、何を考えているのだろうか。

久美はいつもの斑目の明るさが作りものだったのではないかと不安になった。自分は見るべきところを見ていないのではないだろうか、と。

「斑目さんの本音は、なんですか？」

「え？」

「さっき、荘介さんに言ってましたよね、本音で生きろって。まるで斑目さん、自分のことを言っているみたいでした」

斑目は俯いてしまった。小さな声でぼそりと呟く。

「俺の本音か……。それは俺にもわからんよ。いつも、分からないんだ」

斑目は悲しげに呟く。久美は次の言葉が出なかった。斑目を深く傷つけてしまったようで、聞いたことを後悔した。久美と目が合った斑目は、そんな久美の気持ちを見抜いたかのようにいつもどおりに笑おうとした。

しかし笑顔はどこかぎこちなく、斑目の中の小さな少年が泣き笑いしているようにも見えた。久美は動揺して斑目の元気を取り戻そうと頭をひねった。

「え、えっと、そうだ！　斑目さん、今日は新作の蕎麦ボーロがあるんですよ！　荘介さんの自信作です。試食します？」

「食う」

話題が食べもののことになって、斑目はやっといつもの自分を取り戻したようだった。ホッと息をついて、久美はいそいそとショーケースの上に置いてある蕎麦ボーロを取りに店舗へ移動し、斑目はその後をついてきた。

久美は一口大でひまわり型の香ばしい蕎麦ボーロと、蕎麦茶を淹れてやる。斑目はケークサレを大量に食べたとは思えない食べっぷりで、あるだけの試食品を平らげた。その食べっぷりを久美は拍手で賞賛する。

「斑目さんは、本当に食べることが好きなんですね」

「おう。久美ちゃんには負けるけどな」

「なんですか、私は斑目さんほどは食べないですよ」

「そうだっけな。でも本当に久美ちゃんが一生懸命食べるのには惚れぼれするよ」

「それって褒め言葉ですか？」

「ああ。心から褒めてるよ」

楽しそうな表情で、笑う斑目に久美は微笑んだ。けれどやはり、斑目が無理をして笑っていることがひしひしと伝わってきた。斑目が隠しておきたいのだとしたら、その理由を問い質すこともできない。久美はなんだか寂しくなった。

＊＊＊

荘介のケークサレの味はどんどん向上し、予約の日には久美が感激するほどの出来映えに仕上がった。

「これなら、どこに出してもぎゃふんと言わせることができますよ！」

「お客様をぎゃふんと言わせるわけにはいかないけれど。でも久美さんのお墨付きをいただいたから、大成功ですね」

最後のケークサレはチーズが満遍なくとろけてしたたり落ちる寸前で、香ばしい香りがやわらかく厨房内を満たし、イチゴのピクルスが華やかさを添えている。見た目にも香りにも食欲をそそられてしかたない。つまみ食いしたくなる前に、久美は店舗に退散した。

予約の時間ぴったりにドアが開き、えみりが走ってやってきた。そのあとからえみりの父親がのんびりと顔を出す。

「いらっしゃいませ」

明るい久美の声にえみりの父親は笑顔で答える。

「予約していいます、中村です」

「お待ちしていいました。辛いケーキ、できております」

ケークサレの箱を開けて確認してもらう。中村はじっくりと眺めてから頷いた。

「辛いケーキなどと無理を言ってご迷惑ではなかったですか」

「いいえ、全然。店主も勉強になったと喜んでいました」

よかった、と言って支払いを終えた中村に、久美はもう一つ小さな箱を手渡す。

「こちらは?」

「えみりちゃん用の辛くないケークサレです。唐辛子抜きで、イチゴのピクルスも酸味を抑えてあります。辛い方はかなり大人向けの味ですので、お子さんには向かないかと、店主が用意しました」

「それはありがとうございます！　いいや、そこまでは気が回らなくて、えみりに申し訳ないことをするところでした」

「えみりはもうしわけなくないよ」

無邪気に言うえみりに中村は小さい方の箱を渡し、二人は手を繋いで帰っていった。

「荘介さん、子ども用ケークサレ、喜んでいただけましたよ」

厨房を覗くと、荘介はまたケークサレを焼いていた。

「まだ焼くと！」

「うん。試しに辛くないケークサレも何種類か焼いてみようと思って」

「でもなにも今しなくても、辛いのだって山積みなのに。斑目さんが食べにきてくれるとは限らないのに」

「俺が来ないわけないだろ」

ちょうどタイミングよく斑目が裏口から入ってきた。

「もう、斑目さん。裏口から入ってくるのやめてくださいってば」

「お、いつもの調子が戻ったな久美ちゃん。良かった良かった」

「スランプだったのは荘介さんなんですけど」

「いやいや、久美ちゃんも相当まいってたろ、辛いケーキの試食で。だから美味いのは俺がきれいに食べてやるよ」

久美はしばらく首をかしげて考えていた。

「なんだか、私ばっかりまずいケークサレを試食し続けて損したような気がします」

荘介が楽しそうに笑いながら、焼き立てのケークサレをオーブンから取りだして六等分に切り分けた。

「とりあえず、みんなで試食しようか。美味しくできているはずだよ。まずい方は冷凍してあるから、追い追い斑目が食べてくれるよね」

「そりゃ食べないこともないが、なんだか処理係みたいな言われようだな。心外だ」

「処理じゃなくて、斑目さんはつまみ食い係ですもんね」

「それも心外だ」

なんだかんだ言いながら、焼き立てのケークサレのほとんどが斑目の胃の中に納められ、満腹の斑目は幸せそうな笑顔になった。その笑顔が続くといいなと久美は願い、斑目のために温かいお茶を淹れた。

十月のメリーゴーラウンド

「第三のビールってなんだったっけな」

ビールのグラスを手に斑目が呟いた。

テーブルを囲んでいる荘介、久美、安西由岐絵《あんざいゆきえ》が一斉に斑目の方を見る。久美と由岐絵は顔を見合わせ、荘介は微笑みながら答える。

「ビールじゃない？」

「いや、ビールじゃない。今、俺たちが飲んでいるものがビールであるなら、第三のビールはビールではない！　あれはジュースだ！」

「そーだ、そーだー」

由岐絵が一口しか減っていないグラスを掲げて真っ赤な顔で同意の声を上げる。危なっかしく斜めになったグラスを由岐絵の手からもぎ取ってテーブルに置きながら、久美が首をかしげる。

「第三でもビールはビールじゃないですか」

「いや、違う。やはりビールはドイツだな」

ドイツの民族音楽が流れる巨大テントの中で、荘介たちは酔っていた。毎年恒例、博多駅からほど近い冷泉《れいせん》公園で開かれる福岡オクトーバーフェストはドイツビールの祭典だ。

本場ドイツ・ミュンヘンで行われる世界最大の民族祭にも負けじと集まった飲兵衛《のんべえ》たちがドイツビールをあおり、ソーセージに食らいついている。

何店ものドイツ料理やビールの屋台が並び、テントの奥のステージではドイツの民族音楽が演奏され、観客が輪になって踊っていた。暗い夜の中に、大テントが灯火のように明るい。その灯りに誘われて荘介たちも出かけてきたのだった。

「次はどこのビールにするか」

三パイント目のビールを空にして斑目が席を立とうとするのを久美が引きとめる。

「斑目さん、まだ飲むんですか？　ビールっ腹になっちゃいますよ」

「まだそんなに飲んでない、ってかまだ腹が出る歳じゃないぜ」

「そうでもないよ、斑目。前沢《まえざわ》のお腹はすごかったじゃないか」

「ああ、あれな……。うん。そうだな」

斑目は去年、同窓会で会った前沢の、高校時代からは想像できない変わり果てた姿を思い出したらしく、大人しく椅子に座り直した。

「けどまだ飲んでないビールが何種類もあるんだぜ。せっかくの祭りだ。もったいなくてこのままじゃ帰れないぞ」

「また明日来ればいいじゃないですか」

「わかってないなあ、久美ちゃん。今日の酒は今日のもの、明日の酒は明日のもの。まったく別物なんだよ」

「わかりませんよ、そんな酒飲み語録」

久美が眉をひそめる隣で由岐絵がうつらうつらと船を漕ぎだした。

荘介、斑目と同級生の由岐絵《ゆきえ》は『お気に召すまま』に野菜を卸してくれる八百屋の女将だ。野菜の目利きはすばらしく、注文どおりの野菜や果物をぴたりと揃えてくれる。ただ、商売に人情は持ちこまず友人値引きは一切きかない。仕事に厳しい由岐絵は酒には弱く、皆で飲みに行ってもいつも一人で酔い潰れ、荘介か斑目がおぶって帰ることになる。それでも本人は飲むのが好きらしく、誘えば必ずやってきた。

「由岐絵さん、しっかりしてください。お水買ってきましょうか？」

「いんやー、ビールがあるから、だいじょうぶー」

そう言って伸ばした由岐絵の手元から荘介がグラスを取り上げる。

「大丈夫じゃないよね。もうやめておきなさい」

「返せー、まだ飲むんだー」

乱暴に振りまわす由岐絵の腕を久美が抱きとめる。

「ほ、ほら、由岐絵さん！　踊りが始まりましたよ、行きませんか？」

「踊る！」

由岐絵がふらふらと立ち上がり、オクトーバーフェストのシンボルである紙製の青い背高帽を頭に乗せて、テントの中を一周していく踊りの輪に加わった。久美も付き添いで輪の中に入っていく。

前の人の肩に手をかけて音楽に合わせてひょこひょこと揺れながら練り歩く様は陽気で、いかにも祭りというその感じは、ただ見ているだけでも楽しくなれた。

荘介が由岐絵の飲み残したビールを空にして、斑目が残っていたソーセージとザワークラフトを食べつくした頃、女子二人は戻ってきた。顔が真っ赤で息が荒い。どうやら本気を出して踊り狂っていたようだ。

「あ！　もう食べるものがない！」

久美の叫びに斑目が小さく手を挙げてみせる。

「斑目さん、ズルい、一人占めして！　何か買ってきてくださいよ」

「へいへい」

「僕も行くよ」

席を立つ斑目について荘介も立ち上がり、空のビアグラスや皿をトレイにのせて返却口へ返しに行く。男たちが働いている間に由岐絵は久美の肩にもたれて寝てしまい暇になった久美は会場案内図をじっくりと読みふけった。

「あ！」

「どうしたんですか、久美さん」

久美が叫んだところに荘介がちょうど帰ってきた。

「荘介さん、メリーゴーラウンドがあるって書いてあります！」

「ああ、奥の方にありましたよ」

「乗りたいです！」

久美は椅子を鳴らして勢いよく立ち上がる。由岐絵が体勢を崩して椅子に落ちる。

「わ、ごめんなさい、由岐絵さん！」

慌てて久美は謝ったが、由岐絵は何もわかっていない様子で、ぼけっとした顔で起き上がった。

「由岐絵さん、メリーゴーラウンド行きましょう」

「行く！」

久美に腕を引かれて立ち上がった由岐絵はふらふらとテーブルから離れていく。荘介は二人分の荷物を持って後を追う。

「お、どこにいくんだ」

両手にアイスのコーンのような形の紙包みを抱えて戻ってきた斑目が三人の前に立ちふさがった。

「メリーゴーラウンドですよ、斑目さん。乗らなくては！」

「お菓子買ってきたぜ」

「あとでいただきます」

久美は由岐絵を引っ張って足取り軽く歩いていく。

「久美ちゃんなら食い物を優先すると思ったのに意外だな」

「彼女も乙女だからね、一応」

久美がくるりと振り向く。

「何か言いました？　荘介さん」

「いえ、何も。ほら、早く行かないと終わっちゃうかもしれませんよ」

急かされて二人は半ば駆け足でメリーゴーラウンドに近付く。

「うわあ、きれい」

ドイツからこの日のために運ばれてきた木製の、歴史の古そうなメリーゴーラウンドは、手風琴《アコーディオン》の音楽に乗ってふわりふわりと回っている。馬たちは凛々しく、いかにもレディが乗るにふさわしい風格を備えていた。黄色みの強いライトに照らされていると、乗っている人たちもセピア色に見えて、ずいぶんと懐かしい気がしてくる。

久美と由岐絵は颯爽と馬に飛び乗ると、笑顔で荘介と斑目に手を振った。斑目は両手に抱えていた紙包みの一つを荘介に渡し、空いた手を軽く上げてみせた。

「これ、ゲブランテ・マンデルだね、懐かしいな。祖父がよく作ってたよ」

「焦げたアーモンドっていう安直なネーミングに、かえって上質なセンスを感じさせるお菓子だよな」

二人でぽつぽつ喋りながらアイスのコーンのように折られた紙袋入りの、砂糖がけの焦がしアーモンドのお菓子を食べる。一つはオリジナルの味付けだが、もう一つはイチゴのフレーバーが付いている。荘介はどちらも美味しそうに食べていた。

「お前、もうイチゴは大丈夫なんだな」

斑目に尋ねられ荘介はやわらかく微笑んだ。

「久美さんが側にいてくれたからね。きっと僕一人では乗り越えられなかった」

イチゴの味を噛みしめながら斑目は寂しそうに呟く。

「お前は恵まれてるな」

「斑目……」

メリーゴーラウンドの周りには子どもを待っている父親、母親の姿がある。どの顔もライトに照らされて明るく輝き、見つめる先に、愛しい者を見つけてはくるりと隠れ見失い、見失ってはくるりと現れ見つけだし、そのたびに親たちの表情は一層明るさを増していくようだ。斑目はどこか遠いものを見るようにメリーゴーラウンドを見つめた。

「あー！　二人で何か食べてるー！」

柱の影から現れた馬上から久美が叫ぶ。

「あとで私にもください！」

叫び声は上下に揺れながらメリーゴーラウンドの裏へと隠れていく。斑目は微笑んで久美に手を振ってやってから、ゲブランテ・マンデルをざらざらと食べてしまった。

「また斑目はそういう意地悪をする。妹がかわいくてしかたなくて、いじめてるお兄ちゃんみたいだよね」

「それを言うならお前は小言の多い母親だな」

「お父さんじゃないんだ？」

「お父さんなら由岐絵だろ」

「言えてる」

斑目は真っ直ぐ前を向いたまま遠い目をしてポツリと呟く。

「なあ、メリーゴーラウンドを待ってるのって、家族みたいだな」

荘介も前を向いたまま答える。

「そうだね」

「俺には縁遠いものだよ。小さい頃から、こんな感情は知らなかった。きっと今日が終わったら、二度と感じることはできないんだろうな」

斑目は何かを諦めたような表情で自分の爪先を見つめた。背が高い斑目が急に小さな少年に戻ってしまったように見えた。幸せに満たされることのなかった少年に、求めたものの背中だけを見て育ったそのときに。

斑目はきつい目線で地面をにらんだ。

「今日の思い出は俺なんかが手にしたらいけないものなんだろうな。こんなのは俺には似合わない。求めてもきっと指の間をすり抜けていく」

メリーゴーラウンドはスピードを落とし、周囲に散っていた父親や母親たちが子どもを迎えにメリーゴーラウンドに近付いていく。

「斑目」

荘介に呼びかけられ、斑目は目線だけで答える。

「君が望むなら、僕たちはいつでも君の側にいるよ。いつだって」

荘介の優しさがゆっくりと斑目の胸の中に沁みていく。甘い砂糖菓子のような言葉に自然と頬がゆるみ、それを隠すように斑目は下を向いた。

メリーゴーラウンドの出口の人波を縫って久美がすごい勢いで走ってきた。

「斑目さん、私にもください」

両手をつきだす久美の手に、斑目は空の紙袋を乗せる。

「あー！　空っぽじゃないですか！」

「久美ちゃんのかわりに俺が全部食べておいてやったぜ」

「ひどーい！　取っておいてって言ったのに」

「久美ちゃんのダイエットに貢献してやろうと思ってな」

「そんな貢献、いりません」

「久美さん、それより由岐絵は？」

くるりと久美が振り返ると、メリーゴーラウンド乗り場付近で由岐絵がしゃがみ込んで眠りかけていた。

「やだ、由岐絵さん、そんなところで寝ないでくださいよう」

灯りに向かって走っていく久美の後ろ姿を、斑目は優しい目で見守っていた。

「そうふくれないで、久美さん。ゲブランテ・マンデルなら僕が作ってあげますから」

帰り道、お菓子にありつけなかった久美はぷりぷり怒って早足で歩いていき、由岐絵に肩を貸して歩く荘介と斑目から距離を取った。

「お祭りのお菓子は普段のとは別物で特別なんです。荘介さんまでお菓子全部食べちゃうなんて！　レディーファーストの精神はどこへ消えたんでしょうね！」

「日本は武士道の国だからなあ」

のんびり答えた斑目の言葉に久美の歩みはますます速さを増す。斑目はまだどこか寂しげな表情でその後を歩いていく。

「そうすけえ、まだらめえ」

おぼつかない足取りで歩きながら由岐絵が寝ぼけているような声を出した。

「あんたたち、しっかり生きていくのよお」

斑目が笑いながら答える。

「どうしたんだよ、急に」

由岐絵はぱっちりと目を開けると斑目の顔をじっと見つめた。

「あんたはもう前に進まなきゃ。しっかりと自分の足で」

急に酔いがさめたかのような由岐絵の真面目な顔から斑目は目をそらす。

「歩いてるさ。しっかり歩いていないのは由岐絵だろ」

「茶化してるんじゃないよ。あんたにはいつか言わなきゃと思ってたんだ」

由岐絵はぴたりと立ち止まる。

「昔のことに縛られて苦しみ続ける必要はないんだよ。人はみんな変われるんだから」

「変わったさ。お前だって知ってるだろ、小さい頃の俺のこと。あの頃のチビの俺と今じゃ全然違うだろ」

　由岐絵の目は斑目の奥深くを覗くように鋭く細められている。

「同じだよ。おんなじ。あんたは今も与えられるのを待ってるだけの弱い子どものまま」

　斑目は反論せず視線をそらす。

「大人になりな、斑目。欲しいものは自分で手に入れるんだよ」

　それだけを言い残すと由岐絵はかくんと眠ってしまった。荘介と斑目は慌てて由岐絵の肩を抱え上げた。

「まったく酔っ払いめ。好き勝手言いやがって……。わかってんだよ、そんなことは」

　ぽつりと呟いた斑目の言葉を、荘介は聞かなかったふりをした。


「おはようございます」

　翌朝、普段どおりに出勤してきた久美は、いつものように厨房に挨拶にやって来たか、しかし普段と違いツンと顎を上げていた。

「おはようございます、久美さん。どうしたんですか、今日はいつもと雰囲気が違ってい
ますね」

「そうですか？　何も変化はございませんけれど」

「そうそう、昨日はごめんね」

「なにがですか」

「マンデル、全部食べちゃって」

「謝られる必要はございません。わたくし、気にしておりませんから」

荘介と目を合わさずに話す久美の姿に荘介は吹きだしそうになるのをぐっと堪える。

「今日はアーモンドを使って特別なお菓子を作ろうと思ってるんだけど」

久美の耳がぴくりと小さく動く。

「お祭りの特別さに負けないバクラヴァを」

聞いたことのないお菓子の名前に久美の好奇心が大きく膨らんだが、それをぐっと我慢して壁を見つめ続ける。

「でも久美さんが興味ないならやめておこうかな。試食してくれる人もいないし」

荘介はくるりと背中を向けると、店に出すお菓子の仕上げ作業に戻った。久美はすーっと荘介の後ろに近づくと、コホン、と空咳をした。

「荘介さん、そのお菓子はお店に出すんですよね？」

「うーん、試食もしないお菓子は自信がなくて店には並べられないなあ」

「荘介さんがご自分で試食なさればいいじゃないですか」

「うちには僕以上に優秀な試食人がいますからねえ」

荘介は振り返ると、満面の笑みを浮かべた。

「よかったら試食してみてもらえませんか？」

「そこまで言うなら」

久美は冷たい表情を保っているつもりらしいが、目がにんまりと笑っている。荘介はさっそく、バクラヴァを作りはじめた。

生のアーモンドをオーブンでローストしておく。

香ばしい匂いに久美の怒りの仮面はもろくも崩れた。いつもの調子に戻ると、とことこと調理台に近づいてくる。

「バクラヴァってどんなお菓子なんですか？」

「アラブの甘ーい甘ーいお菓子なんですが、多くはピスタチオを使うんです。けれどアーモンドも喜ばれるそうで。やってみたいな、と思っていたんです」

「そうなんですか。荘介さんの創作意欲の役に立てたなら、私のゲブランテ・マンデルも成仏してくれるでしょう」

荘介は答えずにくすくすと笑う。久美は開店準備のために店舗に向かった。

こんがり焼けたアーモンドをきめ細かくなるまで擂《す》って冷ましておく。

その間にフィロ生地を作る。強力粉と薄力粉を混ぜ水とオリーブオイル、レモン汁、塩で捏《こ》ね上げていく。打ち上がった生地は乾燥させないようにして寝かせる。

仕上げ用のローズシロップは自家製の薔薇のお酒を煮詰めて砂糖と粗挽きのカルダセンを加え、熱いうちに漉しておく。

「荘介さん、バクラヴァはどうですか？」

昼どきに手が空いた久美が厨房に顔を見せた。

「バクラヴァはまだ熟成中ですよ」

「どんなお菓子なのか楽しみです！」

「お、久美ちゃん、ご機嫌だな」

声に振り返ると斑目がマンデルの袋を抱えて裏口から入って来た。

「きっと怒ってると思って、久美ちゃんに土産を買ってきたんだがな」

「オクトーバーフェストで売っていたマンデルじゃないですか。朝っぱらから飲んできたんですか？」

「今日はまだ飲んでないぜ。仕事前だからな、残念ながら」

話しながら斑目はマンデルの袋を久美に手渡す。

「まあ、一つこれで昨日のことは勘弁してくれ」

久美は受け取った袋の中身をじっと見て、ニンマリと笑った。

「そんなことなら昨日のことは水に流します。これ、いただきます」

「どうぞどうぞ」

斑目は久美に手渡したゲブランテ・マンデルを横からひょいとつまむ。

「あ！　私のだって言ったのに！」

「ケチなこと言うなよ。食べものってのは、みんなで分け合った方が美味いんだぜ」

「昨日、お菓子を一人占めした口で何を言ってるんですか！　信憑性ない」

「嘘じゃない、本当のことだ」

斑目の声に久美はしばらく考えたが、いつもと違う真面目な表情の斑目に、笑顔を見せた。手にしたマンデルの袋を斑目に差しだす。

「そうですよね、仲良く分け合いましょう」

斑目は嬉しそうに、にこりと笑うと、久美の手からマンデルの袋を奪い取り、ざらざらと口に流し込んでしまった。

「あー！　ひどい！　分け合うって言ったのに」

「分け合って食べるのは美味いが、盗み食いはその上をいくよな」

「もう！　斑目さん、好かーん」

荘介は二人を放っておいてバクラヴァ作りの続きに取りかかった。

寝かせておいたフィロ生地を数個の山に切り分け、薄く伸ばしていく。

焼き型に溶かしバターをたっぷり引いてフィロ生地、溶かしバター、フィロ生地と順々に重ねていく。

五段ほど重ねたらアーモンドの粉末を粉砂糖と合わせたものを生地の上に敷き、さらにフィロ生地と溶かしバターを重ねることを繰り返す。アーモンドの粉末がなくなったら生地と溶かしバターを数段重ね、仕上げに一番上からたっぷりの溶かしバターを垂らす。

「久美ちゃん、だいぶでき上がってきたぜ。こっち向きなよ」

しぶしぶ久美が振り返ると、荘介が焼き型をオーブンに入れるところだった。

「ああ！　作るところ見逃しました！」

荘介が笑って答える。

「また機会があったら作るよ。ピスタチオや栗でも美味しいからね」

「楽しみにしてます」

久美は満面の笑みで頷く。

バクラヴァは中温のオーブンで焼いてきつね色になったら切り分け、冷めないうちにシロップをかけて荒挽《あらび》きにしたアーモンドを散らして飾る。

「液体が沸騰する、じゅーっていい音がしましたね。それに薔薇のいい香り」

「贅沢な菓子だよな。いつも思うが、まるで王様の食べものだ」

「まあ、王様も食べるかもしれないけれど、中東の方では老若男女みんなが好むお菓子だそうだね。起源はよくわかっていないそうだけど、十世紀ごろの文献には既に名前が出ているらしい」

久美は感心して、ほへーと言う。

「十世紀。平安時代ですか」

「まだ日本では菓子が一般的じゃない頃だな。それこそ貴族以上でないと口には入らなかった時代だ」

斑目は喋りながら今日も肩にかけているバックパックから、ノートを取りだした。

「斑目さん、お勉強ですか？」

「ああ。せっかくだからバクラヴァのことを取材させてもらおうと思ってな。近々、中東の貿易関係の会社と仕事をすることになりそうなんだ」

「ええ！　斑目さん、外国語を喋れるんですか？　英語ですか？　本当ですか？」

「……素でそこまで驚かれたらさすがに本気で傷つくんだけど」

「二人ともじゃれてないで。冷めるよ」

荘介は湯気がおさまったバクラヴァを切り分けていく。

「さて。試食してみますか」

「はい！」

荘介が切り分けたバクラヴァを久美が用意した三人分の皿に乗せる。生地に沁み込んだシロップが切り口からとろりと零《こぼ》れる。久美は大きく削り取るとフォークごと食べる勢いで口にくわえた。

「んん！　甘ーい、歯が溶けそう！　だけどアーモンドが香ばしくて薔薇が香って、止まらない。やめられませんね、この味」

「これは。上品だがやっぱり舌がしびれそうなほど甘いな。世界でも、一、二を争う甘々のお菓子だからね」

「なんでも美味しいって言う斑目さんにしては、厳しい評価じゃないですか？」

「美味いぞ。それはちゃんとわかってる。まずいものだってわかる。ただ……」

斑目はふいっと目をそらす。あとに続く言葉を苦そうに飲みこんでしまおうとしているように見えた。けれど本当は口にすべき言葉なのではないかと、久美は続きを促してみる。

「ただ、なんですか？」

「まずいものだろうとなんだろうと、食べられるだけ俺にとっては幸せなんだよ」

斑目は久美の目を見ないようにしながら喋る。久美はそんな斑目に問い続けた。

「なんでも美味しいって食べるけど、いろいろ食べても、いつも満足できていないんじゃないですか？　すごく食べたいものを我慢して、他の食べものは生きていくのに必要だからって、ただ飲みこんでいるんじゃないですか？」

俯き加減に笑顔を作ってみせるが、斑目の表情はどこまでも暗い。

「そりゃあ俺は食べるのが仕事みたいなものだからな。食べたいときに食べたいものを、というわけにはいかない」

久美は斑目の答えに納得できない。けれどこれ以上、無理矢理に聞いてしまったら斑目が二度と現れなくなるのではないか、二度と会えないのではないかという気がして口をつぐんだ。斑目は暗い気持ちを隠そうとするかのように明るい声で言う。

「やっぱり、甘すぎるな。荘介、茶はないのか」

「じゃあ、アラブ風のコーヒーでも淹れようか」

荘介は小鍋にコーヒーの粉とカルダモン、水を入れ火にかける。

「コーヒーはアラブ生まれなんだけど、アラブ風コーヒーは煮だして、漉さずに上澄みを飲むんだ。スパイシーだからバクラヴァにもよく合うと思うよ」

　コーヒーとスパイスの香りが厨房内に立ちこめ、三人はちょっとした海外旅行気分を味わった。お湯を注がれたコーヒーの粉がカップの底に沈むのを待つ。心がほぐれていくような、無言なのに何かを分け合っているような不思議な時間が流れた。

　コーヒー粉の沈殿が終わり、静かに上澄み液をすする。久美がうっとりと目を細めた。

「ああ、ほっとしますね。刺激的なのに優しい感じです」

「甘さのあとだからだと思うよ」

「この組み合わせは最強だな。きっと宇宙人とも戦えるぜ」

　昼下がりの茶会は、いつものように和やかに過ぎていった。


　食器を洗い終えた久美は腰に手を当てて気合いを入れる。

「よし！　働きますか！　荘介さん、バクラヴァはお店に出すんでしょう？　お値段はどうします？」

「そうですねえ。一つ二百円でいきましょうか」

「ええ？　そんなに安く？」

「なにせ今日のお菓子は特別ですから。限定価格ということで」

「わかりました。今日限定って貼り紙しておきます」

　斑目が立ち上がりバックパックを肩にかける。

「じゃあ、俺は帰るかな」

「待って、斑目。バクラヴァ取材の協力費を忘れてるよ」

「協力費って……。友達じゃないか、水臭いぞ」

「それはそれ、これはこれ。お金のことはきっちりしないとね」

「わーかったよ。いくらご所望だ？」

斑目は渋い顔をしたが、唇を突きだしながら尋ねた。

「二万円」

「たか！　高いぞ、荘介！　常識をわきまえろ！」

「じゃあ、五万円」

「なんで値上げしてるんだよ！」

「じゃあ、二十万」

二人の掛け合いを「楽しそう」と横目に見つつ笑いながら、久美はバクラヴァを店舗へと運んだ。

一年中もみじ

「荘介さん、これ見てください！」

出勤して早々、久美は厨房に駆け込んだ。

「おはようございます、久美さん」

キュッと靴を鳴らして急ブレーキをかけて、久美はぺこりと頭を下げた。

「おはようございます！　荘介さん、これ見てください！」

突き出されたケータイの画面の文字を荘介が読み上げる。

「新しい秋、見〜つけた。私のもみじまんじゅうコンテスト」

「応募しましょう！　なんと賞金三十万円！」

「臨時収入としては嬉しい金額ですね」

荘介は気のない声で、しかし久美に調子を合わせてやるために、クレームブリュレをキャラメリゼする手を止めた。

「誰も考えつかなかったようなすごいもみじまんじゅうを作って、どーんと賞金をいただきましょうよ！」

久美の闘志に燃えた瞳にも荘介のやる気は揺り動かされない様子で、荘介はバーナーのスイッチを入れ直す。

「すごいもみじまんじゅうですか。まあ、作れないことはないでしょう。今までにも奇抜なものはいくつかあったようですし。ですが、それが一般に受けるかどうかは別問題ですからね。やはりシンプルなものが一番いいのかもしれませんよ」

「でも、既存の味に満足していないからこそのコンテストなんじゃないですか？」

久美は一生懸命食い下がる。

「そうは言っても、もみじまんじゅう界は既に混沌の戦国時代、合戦場ですよ。ラムネ餡やカレーもみじなんていう変わり種から、季節限定商品までなんでもありですから」

「そこを越えて！　何とぞ一つ！」

荘介はバーナーをしまってから、まじまじと久美の顔を見つめた。

「久美さん、三十万円、そんなに欲しいんですか？」

「な、なんですか」

「当然です！」

「もらったら何に使うつもりですか？」

「店の車の車検代です！」

返ってきた堅実な答えに荘介は首をかしげる。

「うちの売り上げは、車検代も出せないほど少ないですか？」

久美は車庫の方に目を向けて唇を突きだす。

「そんなことはないですけど、バンちゃん、中古車だから高くつくじゃないですか」

「バンちゃん？」

「せっかくなので名前をつけました。万国菓子舗のバンちゃんです」

「軽バンだからバンちゃん、じゃないんですね」

「それもあります。掛け言葉です」

「文学的ですね」

荘介はクレームブリュレが乗ったトレイを持って店舗へ向かう。久美はケータイを握りしめたままそのあとをついていく。

「だから、バンちゃんのために新しいもみじまんじゅう、考えてくださいよお」

荘介はクレームブリュレをきれいに並べていき、久美は口を動かしながらも手は開店準備に動きだす。

「そんなに言うなら、久美さん、考えてみたらどうですか？」

「ええ！　私が考えるんですか？」

「たまにはいいでしょう」

久美は少し考えてから、両こぶしを握りしめた。

「やります、私。賞金三十万円、勝ち取ります！」

「その意気ですよ。がんばってください」

荘介の気のない応援にも、久美のやる気はそがれない。

「がんばります！」

久美のやる気には頓着せず、商品を並べ終えた荘介はいつもどおり散歩に出かけた。

店番の合間に、久美はもみじまんじゅうのアイディアを新聞広告チラシの裏側に書きあげていった。チョコ、抹茶、クリームなど、既に定番になったものを書きならべてみて一つひとつバツを付けていく。バナナはどうだろうと思い立ち、ネット検索してみたら既にある商品だった。

ついでにどんなものがあるのか見ていくと、いちご、ブルーベリー、りんご、うめ、みかん。どうやら果物系はなんでも揃っていると思って良さそうだった。とくに瀬戸内の特産であるレモンは品種ごとに分かれているほど数多くある。ならばと思って検索した塩もみじまんじゅう、ミルクもみじまんじゅう、コーヒーもみじまんじゅう、どれも既に商品化されていた。

「これは普通に考えたんじゃだめやね」

久美はペンをくるくる回しながら考えこんだ。まずはもみじまんじゅうの発祥の地、広島の特産品を挙げていく。お好み焼き、お好み焼き、お好み焼き……。久美の思考はそこで終わった。

「もう、お好み焼きもみじまんじゅうでいいやん！」

「お好み焼きもちがどうしたって？」

そう言いながら厨房から斑目が出てきた。久美はいつものごとく「裏から入るな！」と怒鳴ることもなくショーケースに頬杖をついた。

「なんだよ、久美ちゃん元気ないな」

「もみじまんじゅうで頭がいっぱいで、もうパンクしそうなんです。それより、お好み焼きもちってなんですか」

「広島の和菓子屋が作ってる商品だ」

「えー、やっぱりもうコラボしてたんだー。新しいものってどこにあるんだろ」

「なんだ、もみじまんじゅうコンテストか」

久美は驚いて目を丸くする。

「知ってるんですか？」

「噂は聞いたな」

「さすが斑目さん！」

「お。久美ちゃんが俺を褒めるなんて、どんな下心があるんだ？」

「一緒にもみじまんじゅうのレシピを考えてください。新しい調理法とか」

「俺の案は高いぜ」

「まさか、お金を取る気ですか？」

斑目は腕組みして自慢げに胸をそらしてみせる。

「食い物に関してはプロだからな。タダで仕事はしない」

「斑目さん、もうちょっと柔軟になってもいいやん」

「じゃあ、ヒントだけやろうか。揚げもみじも、生もみじも、もみじ煎餅も、洋ものならフィナンシェもみじも既にある」

久美はがっくりとショーケースに突っ伏した。

「もうだめ。もう無理」

「珍しいな、久美ちゃんが弱音を吐くのは」

「だってお菓子を考えるのは初めてなんやもん」

まだまだ愚痴が出そうだった久美は、カランカランと鳴ったドアベルの音でパッと起き上がりいつもの笑顔に戻った。

「いらっしゃいませ」

扉を開けたのはマタニティドレスを着た女性と重そうな紙袋を持った男性だった。

「亜紀さん、雅彦さん、いらっしゃいませ」

エルダーフラワーアイスクリームを食べてからすっかり店の常連になった二人は慣れた足取りで店内に入ってきた。

「こんにちは、久美さん。これ、良かったらどうぞ」

雅彦が手にしていた紙袋をショーケース越しに久美に渡す。

「わあ、レモンがこんなにたくさん」

「雅彦さんの実家に戻ったときに、もいできたの。お裾分けに来たのよ」

「ありがとうございます。もしかして雅彦さんのご実家はレモン農家さんなんですか」

雅彦が明るい口調で答える。

「半農という感じでな。レモンは庭先でほんの少し作っている程度で。まだまだ青いけど香りは完熟した黄色のレモンよりいいはずだ」

「本当に。すごく爽やかで黄緑色の新鮮さがそのまま感じられるみたいです」

実家のレモンを褒められて雅彦は嬉しそうに笑う。亜紀はそんな雅彦に寄りそって、幸せそうにその笑顔を見つめていた。

二人は仲良く相談してから同じケーキを二つ買って、手を繋《つな》いで帰っていった。斑目はその後ろ姿をじっと見送った。

「どうしたと、斑目さん。無口になっちゃって」

二人を店の外まで見送った久美が店内に戻ってきても斑目はまだ扉を見つめたままだった。久美はいたずらっぽく尋ねる。

「もしかして二人がうらやましいっちゃない？」

「ああ、そうかもしれんな」

真顔で呟いた斑目の顔色が悪いようで、久美は側に寄っていき心配そうに斑目の顔を見上げた。斑目は久美に笑ってみせたが、笑顔がどこかぎこちない。

「良かったな、あの二人はうまくいって」

「そうですよね！　これで生まれてくる赤ちゃんも心配ないですよね！」

久美の言葉に頷いた斑目は、どこか遠い目をしていた。

「このレモン、どうしたんですか？」

斑目が帰ってしばらくして、荘介が放浪から戻ってきた。

「亜紀さん夫妻がお土産に持ってきてくださったんです」

荘介が覗き込んでいる紙袋を久美も一緒に覗き込む。

「いい匂いですよね。なんだか頭がすっきりします」

「レモンの皮の香気成分リモネンにはリラックス効果があるそうですからね」

久美は首をひねる。

「さっきまで斑目さんがいたんですけど、レモンの香りを嗅いで、なんだか考えこんでました。ちっともリラックスしてなかったですよ」

荘介は紙袋から取りだした、まだ熟れきっていない青いレモンを見つめた。

「レモン一つにも人はいろいろな感情を持つものなんだよ」

久美はわかったような、わからないような気持ちで青いレモンについて考えてみた。久美にとっては青いレモンもいい香りだというのは新しい発見で、それは嬉しいものだった。

斑目の沈んだ気持ちがわからないことが少し悲しくて久美はしょぼんと肩を落とした。

荘介は久美の気分を変えようと違う話題を振ってみた。

「新しいもみじまんじゅうの案は行き詰まっているみたいですね」

久美は荘介の気遣いに明るい表情で答えた。

「どうして私が行き詰まったってわかったんですか」

「顔に書いてあります」

久美は自分の顔を両手で覆った。

「顔色を読まないでください」

「なにも広島県の県産品でなくても、イメージで捉えればいいのかもしれませんよ。久美さんは広島というと、どんなイメージを持ちますか」

「……お好み焼きソース」

荘介は、険しい顔でうーんと唸った。久美は荘介の表情がおかしくて笑いだした。


それからしばらくして、店に藤峰がやってきた。

「あら、何しに来たと」

「ひどい……、客に向かって」

藤峰はチェックのシャツとジーンズというういつもの服装ではなく、今日はきちんとしたジャケットを着込みネクタイを締めていた。

「仮装行列にでも出るの？」

「仮装じゃなくて正装だよ！」

いつもの弱々しさはなく、断固とした意思を感じさせる口調に、久美は面食らった。

「あの、それで、その……。手土産に良さそうなお菓子って何かな」

　急に顔を真っ赤にして、しどろもどろになった藤峰に不気味さを感じながらも、久美は真面目に接客する。

「差し上げる相手の方の好みにもよると思うけど……。どんな方に持っていくの？」

「よ、よよよ、ようさんに」

「え？　よよよ？」

「陽さんのお宅に招かれたんだよ！」

「え、それってもしかしてまだお付き合いが続いてるってこと……？」

「そ、そうだよ！　悪い⁉」

　藤峰は真っ赤な顔でショーケースにすがりつく。

「どんなお菓子なら喜んでくれると思う？」

　久美は唖然として口がぽかんと開いてしまった。藤峰はふるふると冬場のチワワのように震えながら久美の答えを待っている。久美は、はっと正気に戻り、店員の責務を果たす。

「ええっと……。確かかわいいものが好きな方だったわよね。こぶたプリンなんかどうでしょう。若い女性に人気だけど」

「そ、それをください！」

「おいくつでしょうか」

「い、いいいいい、五つ！」

「……もしかして、陽さんの家族に会う感じ？」

「そ、そうだよ、どうしよう、緊張して倒れそうだよ」

あまりにも動揺している藤峰を見て、久美はかわいそうになってきた。

「久美さん、レモンティーを淹れてあげたら？」

厨房から荘介が顔を出した。藤峰はすがるような目を荘介に向け、泣きそうな声を出す。

「そそそそ、荘介さん」

荘介は珍獣でも見るような様子で目を開いた。

「藤峰くん、今日は仮装ですか」

「正装です！　荘介さんまで……。僕の格好、そんなに変ですか……」

久美はもらったばかりのレモンを浮かべた紅茶を差しだしながら正直な感想を口にする。

「すっごく変」

藤峰は無言で紅茶を受け取ると、ぐいっと一息に飲み干した。

「あつ！　熱い！　熱い！」

「淹れたてだもの、熱いわよ」

「それで、藤峰くん、少しは緊張がほぐれたかな？」

藤峰は肩をぐるぐると回して小刻みに何度も頷いた。

「あ、なんとなく」

「レモンの香りはリラックス効果が高いんだ。緊張をほぐすには最適だね」

藤峰は空のティーカップに鼻をつっこんでレモンの香りを嗅いだ。

「こ、これなら行けそう。なんとか」

「じゃあ、行ってらっしゃい」

こぶたプリンをリボンでかわいらしく包装してやって、久美は藤峰を送りだす。荘介も店先まで出ていき手を振ってやった。藤峰は常にない力強い足取りで歩いていく。

「レモンだけであんなに元気になるなんて、びっくりです」

「藤峰くんにとってレモンの香りがいい思い出になるといいね」

荘介の表情がいつもより優しくて、これもリモネン効果かなと久美はレモンを見直した。

＊＊＊

それから三日、久美は思いつくかぎりの食材を書きだし、思いつくかぎりの広島に関する事柄を書きだした。けれど、どれも決め手にはならず、うんうん唸り続けた。荘介はそんな久美の苦労をねぎらうために、もみじまんじゅうを試作した。

「荘介さん、もしかしてもみじまんじゅうの金型を買っちゃったんですか！」

「まさか。和菓子用の抜き型を利用しました。ですから小麦粉生地じゃなくて餅米にしてみました」

「よかったあ。金型を注文したらコンテストの賞金が吹っ飛ぶところでした」

安心した久美は餅米もみじまんじゅうに齧りついた。

「うん、美味しい！　これ新しい食感で、コンテストにばっちりですよ！」

「でも、要は桜餅と一緒ですから目新しさはないよね」

「うーん。でも、もみじまんじゅうと、あんまり秋っぽくないですよ」

「そもそもどうして、もみじまんじゅうは一年中もみじですからね。年がら年中秋ですよ」

「うん。もみじまんじゅうは紅葉《こうよう》なんですか？」

「うん。もみじまんじゅうの創始者、宮島の紅葉谷にあった旅館『岩惣《いわそう》』の女将さんが紅葉谷にふさわしいお菓子が作れないかとお菓子屋さんに相談したことからできたという説があります。他にも伊藤博文説もあるよ」

「へえ。明治の政治家さんですよね、伊藤博文って」

「そう。その人が宮島の紅葉谷が好きでよく足を運んでいたそうだ。そのときに茶屋の娘の手を見て『なんとかわいらしい紅葉のような手であろう。焼いて食べたらさぞうまかろう』と冗談を言ったことがヒントになったという話が広く知られています」

「……セクハラ」

「久美さんはおじさんの言動に厳しいよね」

「第一、紅葉は焼いて食べたりしないじゃないですか」

「まあ、焼いて食べるという話は聞きませんが、紅葉の葉の天ぷらはありますよ」

久美は目を大きく開く。

「ええ！　食べられるんですか？」

「僕は思うんですが、毒さえ克服したら、どんなものでも天ぷらにすれば食べられるんじゃないでしょうか」

「それはちょっと乱暴じゃないですか」

「鉛筆の天ぷらを食べる童話がありましたし」

「誰が食べたんですか、お腹を壊さなかったんですか?」

「壊していたね」

「だめじゃないですか」

荘介は喋りながら次の試作に入った。カステラ生地を作って、丸い花びらが五弁ある、桜のような形のシリコンカップの焼き型に注いでいく。

「そのカップ、どうしたんですか? かわいいですね」

「百円均一のお店で買いました。本当は紅葉の型が欲しかったんだけど、さすがになくてね。一番近い形にしたんだよ」

「本格的に桜餅になってきましたね。紅葉が桜に変身ですね、季節をまたいで」

「久美さん、それはいい考えですよ」

荘介は久美を指差し、久美は〝それ〟がなんだかわからずに指差された鼻の頭を掻いた。

荘介は上機嫌でもみじまんじゅうの試作に取りかかった。

まずカステラ生地を作る。卵を卵黄と卵白に分けてそれぞれに砂糖を加える。

卵黄に水飴を加えてよく混ぜ、小麦粉を入れさっくりと混ぜる。

卵白を泡立て、その泡をつぶさないように卵黄液と合わせ桜の型に入れてオーブンで焼きあげる。

次に餅生地を作る。

鍋でお湯を沸かして砂糖を溶かし、ベニコウジ色素を入れる。その鍋に餅米から作られる道明寺粉を入れ、中火にかけてよく練りながら火を通す。

火を止め、一時間ほど蒸らす。冷めたら紅葉の型で型どりする。チョコレートを煮溶かし、広島県産のレモンの皮を削り入れ風味を付ける。

桜型のカステラ生地に黒餡をのせる。その周りに溶けて熱い状態のチョコレートを流す。カステラの上に紅葉型の道明寺をのせてチョコレートでしっかりと接着する。

「もみじ春秋です」

「春秋、春と秋ですか」

「それもあるけど、春秋には一年という意味もあるんだ。一年中食べられているもみじまんじゅうにはぴったりかと思ってね。どうぞ、食べてみて」

久美は荘介から差し出されたもみじ春秋を頬張る。

「なんだこれ！」

「どうしました？」

「食べたことのない食感に、脳がびっくりしてます。カステラ生地のふんわりと、道明寺のもっちりが噛むごとに合わさって、カステラはいつもよりしっとりで、道明寺は卵の風味と合わさって、もうカーニバルです！　レモンと和菓子、チョコと餡の組み合わせもありですね、サンバのリズムが聞こえてきます」

「それで、全体的には？」

「すごく美味しいです！　一年中食べられたら嬉しいです」

荘介は会心の笑みを浮かべた。

「よかった。これならコンテストに出しても大丈夫かな」

「出していいんですか？　本当に？」

「はい、せっかく作ったんですから出しましょう」

「やったあ！　賞金ゲットぉ！」

「取らぬ狸の皮算用ですね」

「取れます。ぜったい取れます。だってすごく美味しいんやもん」

両手を握りしめて力説する久美を、荘介は嬉しそうに見つめた。


「荘介さあああん」

翌日、荘介が書いたもみじ春秋のレシピを郵送しようと準備していた久美が情けない声を上げた。ケータイ片手によろよろと厨房に向かう。

「どうしたんですか、久美さん。お腹を空かせたヤモリみたいな声を出して」

「誰が爬虫類《はちゅうるい》ですか！　それより、これ、見てください」

久美が荘介の鼻先に突きだしたケータイの画面の文字を荘介が読み上げる。

「新しいもみじまんじゅうのレシピをまとめ、郵送ください。……なお、当コンテストにはプロの菓子職人の方はご応募いただけません」

「せっかくもみじ春秋ができたのに、賞金もらえませんね……」

荘介は久美の頭をぽんと撫でる。

「そんなに落ち込まなくても、もみじ春秋はうちで出せばいいじゃないですか。その売上でバンちゃんの車検代をまかないましょう」

「車検代？」

「あれ、忘れちゃいましたか。もともと車検代を稼ぐためにコンテストに出したかったんでしょう」

「ああ！　そうでした。バンちゃん、車検に出さないと！」

久美はくるりと振り返り急いで店舗に戻っていく。その後ろ姿を微笑ましく眺めて、荘介は店に並べるためのもみじ春秋を作りはじめたのだった。

斑目の食いしん坊

「もう、斑目さん！　裏口から入るのやめてくださいよ」

「いいじゃないか、減るもんじゃなし」

「そりゃ、減らんけど……」

厨房から店舗へ出てきた斑目に久美は小言を繰りだしたが、斑目は飄々《ひょうひょう》と受け流した。

いつも通りの重そうなバックパックを肩にかけ、口をもぐもぐさせている。

「あ！　また盗み食いしてる」

「人聞き悪いなあ。ちゃんと荘介の許可はとったぜ」

斑目の後ろから店舗に出てきた荘介は溜め息混じりに呟く。

「許可はしてないんだけどね。まあ、食べられて困るものでもないし」

「斑目さん、何を食べとうと？」

斑目は口の中のものを飲み下し、久美の疑問に答える。

「カボスだ」

「荘介さん、今日はもうケーキは出さないんですよね？　カボスは何に使うんですか」

「うん。マーマレードを作っておこうと思って」

斑目がにやにや笑いながら口をはさむ。

「下ごしらえか。荘介が真っ昼間に働くなんて珍しいな」

「そんなこと言うなら斑目が柑橘類を食べるのも珍しいよ」

久美は首をかしげる。

「柑橘類は食べないんですか。そう言えば甘夏も食べなかったし……。斑目さんにも苦手な食べ物があるんですね。びっくりです」

斑目は寂しそうに笑う。

「俺にもいろいろあってな」

「いろいろって、どんな……」

久美の言葉を遮り、斑目が言葉を継ぐ。

「それに食いしん坊なら、久美ちゃんには勝てないな」

「茶化さないでください。真面目に聞いてるのに」

「俺だって大真面目さ。いつも久美ちゃんの食欲には惚れぼれしてる」

「もういいです」

久美はぷりぷり怒るとショーケースの裏へ戻っていった。斑目はいつものように久美をからかい続けることもせず、疲れた様子で椅子に腰かけた。

「斑目、今日は何か用事なの？」

ぼんやりと床を見ていた斑目に荘介が尋ねる。

「ああ。じつは夏みかんの特集記事を頼まれたんだが、ちょっと気が重くてな。お前に何か作ってもらって、インタビューするって形でまとめたいんだ」

荘介はしばらくじっと斑目を見つめていたが、斑目は顔を上げない。荘介は優しい声音で斑目をあやすように話した。

「いいよ。僕でいいなら力になるよ」

「助かる。二、三日で頼めるか」

「うん。任せてよ」

斑目は黙ったまま小さく頭を下げると店の表口から出ていった。久美はその後ろ姿を見送ってから荘介を振り返った。

「荘介さん。斑目さん、大丈夫でしょうか」

「大丈夫って？」

「すごく落ち込んでたみたい……。そんなに柑橘類が嫌いなんですか？」

「嫌いというわけではないのだけれど。さて、じゃあ、買いだしに行って来ます」

「あ、はい、いってらっしゃい」

急に話を切って出かけていく荘介の後ろ姿を、首をひねりながら見送って、腑に落ちないまま久美は仕事に戻った。


「由岐絵、またさぼってるの」

商店街の中、八百屋『由辰《よしたつ》』は昼下がりのけだるい空気に包まれ、店番をしている由岐絵は、半ば居眠りをしながらぼんやりと通りを見ていた。

「さぼってるなんて人聞きの悪い。あんたと違って仕事を放りだしたことなんてないよ。あんたこそさぼってないで店に帰れば」

荘介の幼馴染みである店主の由岐絵は、背中に息子の隼人《はやと》を背負い、あくびをしながら答えた。隼人もぐっすりと眠っていて、ほのぼのとした情景を作りあげている。

「今日は注文に来たんだけど」

「いらっしゃいませー！」

急に元気よく立ち上がり満面の笑みを浮かべる由岐絵の現金さを笑いながら、荘介は店の商品をひととおり眺め渡した。

「夏みかんを仕入れてほしいんだ」

「ええ？　この寒い季節に、夏みかん？　食べるなら旬は春から初夏だよ」

「うん、それは知ってるけど、斑目からの注文なんだ」

由岐絵は心配そうに眉を寄せる。

「斑目が夏みかん？　柑橘類見ただけで気分悪くなるのに。大丈夫なの、あいつ」

「最近はカボスや金柑くらいなら食べられるようになってるよ」

「けど夏みかんだけは、別物だよねえ。子どもの頃、夏みかんの木の下を通りかかっただけで吐いちゃったことがあったじゃない」

荘介は困ったような表情で腕を組む。

「僕も心配はしているんだ」

「だいたい、なんで夏みかんがいるのさ」

「ライターの仕事で必要だそうだよ。注文されて記事を書かなくちゃいけないらしい」

由岐絵は、フンッと大きく鼻から息をはきだした。

「きっと、どこぞのもの好きが、みかんだから、旬は冬だろうと勘違いでもしてるんじゃないの。〝夏〟みかんだって言ってるのにさ」

「そうかもしれないね」

「そんなトンチキな仕事、断っちゃえばいいじゃないのさ。わざわざ辛い思いを蒸し返さなくても……」

由岐絵の背中で隼人が目を覚ましてぐずりはじめた。「よしよし」と声をかけながら由岐絵は隼人を揺すり上げてあやす。ガサツと言えるほど大雑把な由岐絵も、隼人に対すると途端に母親らしく優しい。

荘介はその姿を見て、ふと子どもの頃の斑目の痩せて小さかった姿を思いだした。いつの間にか、ひ弱だった斑目も共に成長して大人になったのだ。

「斑目も思うところがあるんだろうね」

神妙な顔つきで言う荘介の言葉に、由岐絵は心配の色を顔に出したが、すぐにいつもの強気な表情に戻った。

「私たちだって、もう子どもじゃないんだもんね。乗り越えないといけないことの一つや二つや三つはあるか。みんなでがんばっていこー！」

　こぶしを振りあげる由岐絵を見て、荘介も真似してこぶしを握る。

「そうだね、みんなでね。斑目にも伝えておくよ。それより、夏みかん手に入るかな」

「売り物にはできないけど、主人の実家に夏みかんの木があるから、もぎたてを送ってもらうわ。でも相当、酸っぱいわよ」

「大丈夫、ちゃんと食べられるようにするから」

　注文を終えた荘介はやっと泣きやんだ隼人に手を振ると、店には戻らず、夏みかんのお菓子のレシピを考えながら商店街を抜けていった。


「もう、荘介さん！　早く帰ってきてくださいよ。私だって定時で帰りたいんですからね」

　結局、閉店時間の七時を過ぎて暗くなった頃に、荘介はやっと帰ってきた。

「ごめんよ、久美さん。白鷺《しらさぎ》さんの旦那さんにつかまっちゃって」

「へえ、今日は奥さんに社交ダンス教室に連れて行かれたんじゃなかったとやね。珍しいですね、ご主人が荘介さんをさぼらせようとするなんて」

「さぼっていたわけでもないよ。お菓子について語り合ってきたんだからね」

「そうか、白鷺さんのご主人はお菓子作りにハマってらしたんでしたね。娘さんの結婚式のワサビケーキのこと、思い出しちゃいますね」

「その娘さん夫婦に赤ちゃんが出来たそうです。それで初孫の誕生祝いにケーキを作りたいからって、相談に乗っていたんだ」

「お孫さんが！　おめでたいですね。それで、そのケーキはうちにご予約していただくわけには……」

「せっかくのお祝いだからね。手作りの方がおめでたいでしょう」

「うちだって手作りじゃないですか」

「うん、まあ、そういえばそうなんだけど」

「荘介さんは商売っ気がなさすぎます。せっかくの常連さんなんだから、営業活動もしてきてくださいよ」

荘介は久美の追及から逃れるために、話の矛先を変える。

「そうそう、夏みかんはタダで手に入ることになりましたよ」

「タダ！　それは嬉しいです」

「由岐絵がわざわざ取り寄せてくれるそうなんだ。売り物じゃないから無料でいいって言ってくれてね」

「さすが由岐絵さん、気前がいい」

「まあ、でも使うのは一個でいいんだけどね」

久美はそれでも大喜びだ。

「ちょっぴりでも節約は大事です。締めるところは締めていかなくちゃ。それで、夏みかんはどんなお菓子にするんですか？」

「酸っぱいケーキにしようと思うんだ」

「ええ？　酸っぱいんですか？　ケーキが」

「うん、さっぱりした味になると思うよ」

首をひねっている久美を後目《しりめ》に荘介は厨房のかたづけに取りかかった。


翌日、ざるにいっぱいの夏みかんが届いた。

「うわあ、すごい、山盛り」

「そうだね。由岐絵もいろいろ考えてくれてるんだね」

「いろいろ……、斑目さんのこととか、ですか」

荘介はそっと笑ってみせると、その質問には答えることなく夏みかんを手に取って、ケーキを作りはじめた。

両手に余るほど大きな夏みかんの果汁を絞り、分厚い皮をすり下ろしておく。

バターに砂糖を加え、白っぽくなるまですり混ぜる。

そこに卵黄を加えてなめらかにする。別で泡立てておいた卵白を少しずつ投入し、間に小麦粉も篩《ふる》い入れる。

ふわりとした生地になったら夏みかんの皮をすり下ろして香りを付ける。手の平大の丸い焼き型に生地を流し、オーブンで焼いていく。

その間に卵白と砂糖を馴染ませ、夏みかんの果汁を加えてアイシングを作る。

焼き上がった黄色いケーキを冷まし、全体をアイシングで夏みかんの花のように飾っていく。数個作り上げると、いったん手を止めた。

「久美さん、夏みかんケーキでき上がりましたよ」

店舗に顔を出して声をかけると、久美はすぐに厨房にやってきた。嬉々として調理台に置かれたケーキを手に取る。

「白いアイシングが花びらみたいでかわいいです」

久美が大きな口を開けてケーキに齧りつこうとしたとき、カランカランとドアベルの音がした。久美は慌てて店舗に戻る。

「あら、斑目さん。どうしたんですか、表から入ってくるなんて」

「今日は一応、客だからな」

そう言いながら、しかし客らしくなく、すたすたと厨房に入っていく。

「斑目、ケーキの匂いでもした？　でき上がったばかりだよ」

荘介の軽口に答えず、斑目は厨房に置かれたケーキを憂鬱そうに眺めた。久美が心配そうな表情で斑目の顔を覗き込む。

「斑目さん、本当に夏みかんが嫌いなんですね」

「嫌いってわけじゃないんだ。もう一生分食べつくしたってだけだ」

深い溜め息をついた斑目は、いつもより十歳ほども老けこんだように見えた。

「そんなに夏みかんばっかり食べてたんですか？」

「ああ。子どもの頃にな。腹が減ったら庭の夏みかんを食ってた」

斑目は目の前のケーキを見ているのに、気持ちはずっと昔、子どもの頃に戻ってしまっているように見えた。久美はそこに何があるのか知りたくて、そっと尋ねた。

「お腹が空いても、夏みかん以外のものは食べなかったんですか?」

斑目はしばらく黙って久美を見つめていた。久美はじっと斑目を見つめ返す。その直っ直ぐな視線に、斑目は重い口を開いた。

「食べなかったんじゃない。食べるものがなかったんだ」

久美は視線をそらすことなく次の言葉を待っている。斑目はまた一つ溜め息をつき、話を続けた。

「……俺はいつも腹を空かせてた。母親が半分ネグレクトみたいな感じでな」

「ネグレクト?」

首をかしげた久美に、斑目は言葉に詰まったように黙ってしまう。荘介が横から、そっと口をはさんだ。

「育児放棄、とも言われるね。親が子の面倒を十分に見ない、あるいは見ることができない状態を言うそうだ」

斑目が苦い表情で頷く。

「俺の家は母子家庭だったんだが、母親が仕事ばかりにのめり込んでな。しょっちゅう俺のことを忘れてしまってたんだろう。職場に泊まりこんで帰らない日も多かった。

斑目が苦い表情で頷く。

「俺は家中を漁って食べられそうなものはみんな食べた。けど、母親はもともと料理なんてする人間じゃなかったから、食材はほとんど置いていない」

久美は黙って頷きながら聞いている。そんな久美に、斑目は快活に笑ってみせる。

「知ってるか、夏みかんはその名前と違って秋に実が生《な》って、冬を越す。旬は春から初夏だ。要はほぼ一年中、実がついてる。けどな、冬に食べるととんでもなく酸っぱいんだ。それはもう、舌が焼けるようにな。俺はそれを無理矢理飲みこんだ。胃が痛くなることもあったぜ、小学生のくせにな。真夏には水分が抜けてぱさぱさになる。それでも酸っぱいから唾液が出る。それなのになかなか飲み込めない」

夏みかんケーキを手に取ると、大きな溜め息をつく。

「それをまた食わなきゃならなくなるなんて、因果ってのはこういうことを言うのかね。俺がフードドライターなんてやってるのも食い物に執着してるだけかもしれないしな。結局、俺は母親の影から逃げられないのかもしれないな」

「逃げなきゃいけないんですか？」

久美の言葉に斑目は不思議そうな表情になる。

「子どもの頃の斑目さんがお腹を空かせていたままだったなんて、それは、お母さんを許せないと思います。だけど、本当にそれだけですか？」

斑目は夏みかんのケーキを眺めて、考えながら口を開く。

「夏みかんは俺を生かしてくれた。でもだめなんだ。俺にとって夏みかんは今も恐いものでしかない」

庭に生えていた夏みかんの木を思いだしたのか、斑目の顔色が悪くなる。

「真っ暗なんだ、家の中が。電気をつけてもどこか暗くて寒い。腹が減って夏みかんを食べたら、酸っぱすぎて口の中が痛むんだ」

震える手で持っていたケーキを放りだすように調理台に置く。

「待ってたらいつか母親は帰ってくると思ってた。だけど俺を迎えにやって来たのは祖父母だった。母親は俺のために、家に戻っては来なかった」

そこで斑目の言葉は止まった。俯いて唇を噛む。久美は静かに尋ねた。

「待ってたんですね、お母さんのこと。ずっと」

「さあな。子どもが腹を空かしていても平気な人だ。待ってたって何も変わらないことは、俺が一番よく知ってたのかもな」

荘介は黙って残りのケーキにもアイシングをかけていく。黄色のケーキに白い蓋がかけられる。斑目は荘介の手元を見つめている。

「もう、母親の顔も覚えていない。どんな声だったのかも。ただ俺を置いて仕事に出ていく背中だけを今でも忘れられないんだ」

久美は夏みかんケーキを見つめ続ける斑目の手が小刻みに震えている事に気付いた。

「祖父母の家で俺は腹を空かせることはなくなった。なのになぜか何を食べても満足できない。何を食べても腹がふくれるだけで、本当に満足したことがない。それどころか、いつも夏みかんの味が口の中に残ってる気がする」

調理台に置かれたざるの上のたくさんの夏みかんから斑目は目を背け続ける。

「本当に食べたいものはなんだ、って久美ちゃんに聞かれた時、俺はなぜか夏みかんを思い出したんだ。こんなに恐ろしい、寂しい、苦しい思い出しかないものなのに。本当に、なんでだろうな」

久美は自分の胸に手を当てると、そこから何かを探しだそうとするように目を閉じた。そこに斑目と同じ気持ちを見つけようとするように。

「恐ろしさも、寂しさも、苦しさも、きっとどれも大切なものだと思います。今の斑目さんがいるのは、その思い出があるからでしょう？　その思い出があるから私達は今、斑目さんと一緒にいる」

しっかりと目を開いた久美は斑目を見つめた。斑目はその真っ直ぐな視線から逃げるように俯いた。

「こんなどうしようもない俺を形作ってる思い出なんか、ろくなもんじゃないよ」

「私、斑目さんが好きですよ。荘介さんだって、由岐絵さんだって、みんな今のままの斑目さんが好きですよ」

斑目の目が小さく揺れた。

「いつだって斑目さんは茶化してばかりだけど、みんなのこと考えてくれて、大事にしてくれてる。大切に思ってくれてる」

荘介が最後のケーキを作りあげた。斑目はずらりと並んだ夏みかんケーキを端から一つずつ丁寧に眺めていく。久美は斑目と同じようにケーキを目で追いながら、斑目がそこに探しているものが何なのか気付いたような気がした。

「斑目さんはお母さんのこと、本当は」

久美の言葉を斑目が遮る。

「好きだとか嫌いだとか、母親はそんなんじゃない。そんなんじゃないんだ」

斑目はゆっくりと顔を上げた。

「俺は母親が嫌いなわけじゃないんだ。ただ……」

久美は斑目から視線を離さない。斑目は久美の澄んだ瞳の中に何かを見つけたかのように小さく呟いた。

「そうだ。嫌いなわけじゃないんだ。ただ、見つけてほしかったんだ、俺を」

厨房は静けさに包まれた。三人の鼓動の音だけがゆっくりゆっくりとやわらかに響いていくように思えた。

窓から差し込む光は室内を明るく照らす。磨きあげられた鍋や壁のタイルがつやつやと輝く。曇りのない静かで暖かな午後。斑目は夏みかんケーキに目を移す。

「なあ、荘介。このケーキ、美味いのか」

荘介はきれいな黄色と白の、まるで夏みかんの半切りをそのまま小さくしたようなドーム形の愛らしいケーキを斑目に手渡した。

「じつはまだ試食していないんだ。斑目、感想を聞かせてくれるか？」

斑目は少したためらって久美に目をやる。久美はしっかりと頷いてみせた。

しばらくためらったあと、斑目はケーキの端の方、ほんの少しだけを齧りとり、ろくに嚙まずに飲み込んだ。

しばらく口の中に残る余韻を味わって、斑目は目をつぶった。

「……酸っぱいな。酸っぱいし、苦い。だけどそれが甘さを引き立てている」

斑目は無言で夏みかんのケーキを食べていく。少しずつ少しずつ削りとるように口に入れる。ゆっくりと嚙みしめて飲み込む。ふと斑目の動きが止まり、ケーキ全体を観察するようにじっと見つめた。

「これは、夏みかんの花の形か？」

「そう。子どもの頃、斑目が言ってただろう。夏みかんの花だけは好きだったって」

斑目は恥ずかしそうに小さく笑う。

「覚えてたのか」

「どうして花は好きなんですか？」

そっと尋ねた久美に斑目は小さな声で答えた。

「母親が、好きだったんだ」

斑目は夏みかんケーキを両手で大事そうに包む。

「初夏に小さな白い花が咲くと、仕事に出かけていく足を止めて、振り返って俺に笑いかけたんだ。『お花がきれいね、甘くていい香りね』って言って」

斑目は花の形のケーキから花の香りを嗅ぎとろうとするように、深く息を吸った。思い出の香りを懐かしむように目をつぶったままケーキを食べ進む。

「なんでだろうな。花の香りを思い出したら、母親の顔も思い出したよ」

最後の一かけらを食べ終えて斑目は目を開けた。調理台の上に並べられたケーキの花は美しく満開に咲き誇っていた。


最後の一かけらを食べ終えて斑目は目を開けた。

「美味かったよ。一生のうちでこんなふうに、夏みかんの味を美味いと言える日が来るなんて思っていなかった」

荘介は優しく微笑む。

「酸味も苦みも、まずいだけじゃないよ。味に深みを生むんだ」

「それって、人生みたいですね」

久美の言葉を斑目が笑う。

「酸いも甘いも噛み分けて、か。そうだな、味のある人生もいいだろう。俺の一生もいつか美味しく味わえる日が来るのかね」

「今だってもう斑目さんは人生を楽しんでるじゃないですか。友達もいて、仕事熱心で、いつもつまみ食いをして」

荘介と斑目が顔を見合わせて吹きだす。

「つまみ食いは人生の楽しみかよ」

「なんで笑うんですか！　私、今いいこと言いましたよ」

「そうだな。久美ちゃんはいつもいいこと言うよな。久美ちゃんに出会えて、俺の人生は良かったと思うよ」

「からかわないでください！」

「いや、本当に」

斑目は真面目な顔で久美を見つめた。

「ありがとうな、久美ちゃん。久美ちゃんがいてくれたらがんばれそうな気がするよ」

真っ直ぐな言葉に、久美は顔を真っ赤にして口ごもる。

「荘介も。いつも無理を聞いてくれて、感謝してる」

荘介は黙って頷く。

斑目は顔を上げると気分を切り替えるようにパンと手を叩いて、明るい声を出した。

「さて、それじゃ仕事させてもらおうかな。荘介、インタビューいいか」

「ああ。何を話そうか？」

「そうだな、まずは……」

いつもの調子に戻って仕事を始めた斑目を満足そうに眺めて、久美は店舗に移動した。

それからすぐにまた厨房に戻ってきた久美に、荘介が尋ねる。

「どうしたんですか、久美さん。斑目の仕事ぶりを見ていきますか」

「いえ、その……」

「なんだ、久美ちゃん、歯切れが悪いな。久美ちゃんらしくないじゃないか」

久美はもじもじとエプロンの裾をいじりながら上目遣いで二人を見た。

「私、ケーキまだ食べてなかったな、と思って」

荘介と斑目は、また吹きだした。

「笑わないでくださいよ！　私だって食べたいんやもん」

夏みかんの爽やかな香りによく合う和やかな厨房で、斑目は優しい目をして微笑んだ。

＊＊＊

「……太一郎！」

門の外に佇《たたず》み続ける息子に気付いた千登勢《ちとせ》は急いで玄関から飛びだした。息子と顔を合わせ、しかし千登勢は息子になんと語りかければいいのかわからなかった。

二十数年ぶりに見る息子は背が高くがっしりとして、亡くなった夫そっくりに成長している。息子は無言でじっと千登勢を見つめていた。

息子が小さい頃、千登勢は仕事に溺れていた。自分の能力を誇示して、成果を出すことだけに夢中になっていた。息子のことを忘れていた。気付いたのは両親が息子を連れて行ってしまってからだった。千登勢は今でも実家に足を運ぶことができない。

千登勢が仕事から帰ると、幼い息子はいつも泣きながら千登勢に駆け寄ってきた。

『お母さん、僕、いい子にしてたよ。いい子にしてたよ』

そのたびに千登勢は今度こそいい母親になろう、息子のことを一番に考えようと思った。しかし翌朝には千登勢の視線は仕事だけに向いてしまう。息子のことなど忘れさり、気持ちは高いビルの上へ向かった。そこに千登勢の生き甲斐、仕事があった。息子はいつも地上に置き去りで、彼が腹を空かせていることなど千登勢には考えも及ばなかった。

家に帰ると、庭の夏みかんの皮が大量に打ち捨てられていた。息子は夏みかんが好きなのだと思っていた。

庭でいつも実をつけている夏みかんが旬の時期以外には食べられないほどに酸っぱいのだと知ったのは、両親が息子をひきとってからのことだった。たまたま目にした雑誌に、お酢の代わりに使われるほどの酸味だと書いてあった。そんなことも知ろうとはしなかった。

千登勢には仕事以外の何も目に入ってはいなかったのだ。

両親と息子が去ってから、一人ぼっちの家は真っ暗で、気を抜けば闇の底まで引きずられそうなほどに重々しかった。帰宅して玄関の照明をつける瞬間、千登勢は幻聴を聞いた。

『お母さん』

そう呼んでくれた息子は既にいない。取りかえそうと思えば簡単だった。ただ、迎えに行けばいいだけだったのだ。けれど千登勢には仕事があり、休めなかった。そうして千登勢はただ年月だけを重ね、息子を失ったまま生きてきた。

その空白の二十数年を越えて、息子は目の前にやってきた。そして今、あの夏みかんの木の下に立っている。千登勢は外へ飛び出すと夏みかんの木の側に駆け寄った。けれど息子の目を真っ直ぐ見ることができない。顔を伏せ、消え入るような声でやっと呟く。

「太一郎……、お腹は空いてない？」

それは昔々に聞くべきだった言葉。千登勢が長いこと忘れていた言葉だった。今さら何を言っても息子につけてしまった傷は消えない。千登勢の罪も消えはしない。

冬の夏みかんは酸っぱくて、たとえ大人であっても食べられはしない。

「夏みかんのケーキを持ってきたんだ」

息子の声は低く成長し、大人の深い響きを持っていた。

「一緒に食べよう」

庭の夏みかんは新しい果実を実らせていた。それは冬を越え、春を過ごし、初夏には甘く香るだろう。千登勢の目に涙があふれる。涙で曇った目では、もう何も見えない。なのに息子の姿だけがはっきりと浮かび上がる。

「ただいま、お母さん」

千登勢は息子の肩を抱き寄せ、静かに泣いた。

記憶の中で暗いばかりだった家を、夏みかんケーキの黄色が灯火のように明るく暖かく照らしていく。二人で一緒に食べたケーキは夏みかんの思い出のように酸っぱくて苦い。けれどそれらを包みこむ優しい甘さが、言葉のない食卓を彩り、二人の心に空いていた隙間を少しずつ少しずつ、ゆっくりと埋めていった。

（了）

【特別編】

香りをまとって

カランカランとドアベルを鳴らして斑目が久しぶりに店に顔を出したのは、粉雪がちらつく日のことだった。

「斑目さん！　いらっしゃいませ」

ショーケースの向こうから掛けられた愛想のいい声に、斑目は驚いて足を止める。久美は満面の笑みで斑目を迎えた。

「久美ちゃん、何か悪いものでも食べたのか？　そんなに歓迎してくれるなんて」

「嫌だ、斑目さんったら。お客さまに丁寧に接するのは当たり前じゃないですか」

斑目は目を眇《すが》めて久美の表情をうかがった。久美はなお一層の笑顔を見せる。

「まあ、いいか。今日は喜んでもらえるいい話を持ってきたんだしな」

きょとんとした顔で久美は答える。

「なんですか、いい話って。斑目さんがお店のお菓子を買い占めてくれるんですか？」

「いや、いくら俺でもそんなに食いきれん。荘介はいるか」

「もちろん、いません」

「だろうな。ちょっと待たせてもらうぜ」

そう言うと斑目はイートインスペースの椅子にどっかと座り、いつものバックパックから小さな瓶を取りだした。久美がとことこと近づいてきて、小瓶に顔を寄せる。

「きれいな瓶ですねえ。これ、なんですか」

丸いフォルムの小瓶にはうっすらと金色がかった液体が、なみなみと入っていた。

「香水だ」

「へえ、斑目さん、香水なんて付けるんですか」

「俺のじゃない。これは女性用だからな」

久美はつんつんと瓶をつつく。

「かわいいですねえ。どんな香りですか」

「オレンジを基調にしてジャスミンやサンダルウッドを感じさせる香りだそうだ」

「サンダルウッドってなんですか？」

「白檀《びゃくだん》とも言うインド原産の香木だ。爽やかな甘い香り、と言われているな」

「斑目さんは匂ってみなかったんですか」

「嗅いでみたが、この香水は甘酸っぱい柑橘系の香りとしか感じなかったんだ。夏みかんとか、そういった」

斑目の口から「夏みかん」という言葉がすっと出てきたことに久美は驚いて、同時に嬉しい気持ちがこみ上げてきた。胸の奥から明るい笑顔が湧いてくる。

「斑目さん、もう元気になったんですね、良かった」

思わぬ久美の言葉に斑目は一瞬戸惑い、恥ずかしそうに鼻の頭を掻きながら答えた。

「久美ちゃんのおかげだな。この香水の話も、以前の俺なら断っていただろう。本当に感謝してるよ」

「感謝だなんて。私は何もしてませんよ」

久美は不思議そうに首をかしげた。斑目は久美の頭をぐりぐりと撫でる。

「きゃ！　なんですか！」

「久美ちゃんは本当にかわいいなあ、と思ってな」

「子ども扱いしないでください」

「してないよ。もう香水が似合う大人の女だよな」

斑目が瓶を持ち上げ、久美に手渡してやる。

「なんかごまかされてる気がする」

久美はぶつぶつ言いながらも素直に香水瓶を受け取る。それはガラス製なのに、どこかやわらかに感じる手触りだった。小瓶を鼻先に近付けてくんくんと匂ってみた。どことなく甘い香りがするような気もしたが、それは店内のお菓子の香りかもしれなかった。

「この香水、ちょっと試しに蓋を開けてみてもいいですか？」

「いや、久美さん、それはやめてください」

荘介が厨房から顔を出して、久美を止めた。

「荘介さん、いつ帰って来たんですか」

「今ですよ。久美さんのお昼休憩の時間ですから」

壁にかかっている鳩時計を見ると、既に十二時を回っていた。

「あ、本当。じゃあ、私ランチ行ってきます。斑目さん、ごゆっくり」

そう言い残すと久美はうきうきと出かけていった。

「荘介、今日の久美ちゃんはどうしたんだ。怖いくらい愛想がいいぞ」

「ああ、朝から大口の予約が入ってね」

「本当にこの店の人間は仕事が好きだな。その好きな仕事を増やしてやろう」

斑目は荘介に香水瓶を手渡す。荘介は渋い顔で嫌そうに瓶を受け取った。

「菓子店に香水は遠慮してほしいな。匂いがお菓子に移りかねない」

「まあ、そうだな。けどまあ、仕事の話と思って我慢してくれ。お菓子の注文だ」

ぱっと表情を明るくして荘介は、斑目の前の椅子に座る。

「注文は何かな」

「この香水の香りをイメージしたお菓子を作ってくれ」

「香水会社からの注文なの？」

「いや、『スイーツピンク』っていう女性の服飾ブランドが新製品として香水も開発したんだ。その完成披露パーティーでスイーツを出したいそうでな」

「へえ、斑目と女性服に接点があるなんて驚きだね」

「俺が仕事した雑誌に広告を出してる会社でな、いわゆるコネだな。俺には大事なもんだよ」

「じゃあ斑目のメンツをつぶさないように、かわいいのを準備しないといけないね」

「どうかな。大人の女性向けに新しく作った香水だそうだからな。あんまりかわいすぎてもイメージと違うんじゃないか」

「とりあえず、外で香りを嗅いでくるよ」

荘介はコックコートを脱いで椅子の背にかけると、香水瓶を持って店を出た。


久美がランチから戻ってくると荘介がぼんやりと店の前に立っていた。

「どうしたんですか、荘介さん。日向ぼっこですか？」

「この寒い日に外で日向ぼっこはないでしょう」

荘介に近づいた久美はくんかくんかと鼻を動かした。

「なんだかオレンジの香りがしますね。でも、もっと奥深いというか、まろやかというか」

「さすが、女性は感性が鋭いですね。これの香りですよ」

手にしていた香水瓶を久美に見せ、荘介は溜め息をつく。

「少しだけ出すつもりがこぼしてしまって。匂いが服について店内に入れないんだよ」

「どれくらい立ちん坊してるんですか」

「ほとんど一時間です」

久美は驚いて目を丸くする。

「そんなに？　香水ってそんなに香りがもつんですか？」

荘介はのんびりとお喋《しゃべ》りするつもりらしい。リラックスした表情で話題を振る。

「久美さんは香水、いわゆるパルファムとオーデコロンの違いを知ってますか」

「いいえ、知りません。香水使ったことないもので」

　荘介は、うん、と小さく頷く。

「食品を扱う仕事に、香りがするものはタブーですからね」

「あ、でもわかったかも。パルファムは女性用で、オーデコロンは男性用なんじゃないでしょうか」

「残念、違います。どちらも男女両方使います。答えは香りの持続時間だよ」

「持続時間？」

　香水瓶を指差して荘介は鼻をひくつかせる。まだ香りは荘介の体にしっかりと残っていた。溜め息混じりに説明していく。

「オーデコロンは香り成分の濃度が低く、一、二時間で香りが抜ける。パルファムは香水の中でも最も濃度が高く、香りは五時間から十二時間もつと言われています」

「それで、荘介さんが振りかけた香水はどっちなんですか？」

「パルファムです」

「え！　それじゃ五時間はお店に入れないんですか？」

「そう。なのでちょっと出かけてきます」

　久美は同情の目を向ける。

「いってらっしゃい。風邪を引かないように気をつけてください」

　荘介はとぼとぼと商店街の方へ歩いていった。

「あら、荘介。またサボってるの」

　昼下がりの商店街、八百屋『由辰』に足を向けると、由岐絵が買い物客の主婦達とお喋りをしていた。今日も背中には息子の隼人を背負っている。

「あら、荘介ちゃん、なんだかいい香りねえ。まさか恋人？　恋人の移り香！」

「やあだ、荘介ちゃんに限ってそんな色っぽいこと、ないわよねえ」

　ああでもない、こうでもない、と荘介をよそにお喋りは続いていく。苦笑いの荘介に由岐絵が近づいてきて荘介の服の匂いを嗅いだ。

「うわ、どれだけ香水振りかけたのよ。野菜に匂いが移るわ、どっか行って」

「由岐絵、いくらなんでもはっきり言いすぎじゃないかな？」

「じゃあ、遠まわしに言うわ。ゲッダウト。ゲット・アウト」

「より酷いよ」

「だいたい、あんた香水なんて商売の邪魔でしょうに。何してるのよ」

「失敗してこぼしちゃってね。斑目からのお菓子の注文なんだけれど」

「またあいつは、よくわからない仕事ばっかりして。ピュリッツァー賞狙うなんてうそぶいてないで地に足つけろって伝えといてよ」

「聞くかどうかは分からないけれど伝えるよ。そうだ、斑目からも伝言があったんだった」

「なにさ」

「夏みかん、ありがとう。手間かけてすまないって」

由岐絵は片頰を上げて笑うと「直接言いに来ないなんて、ヘタレだわね」と厳しい意見を述べたが、まんざらでもないらしく堂々と胸を張っていた。

香りが抜けた荘介が店に戻ってきたのは午後七時半、久美が店のかたづけを終え、帰り仕度をすませた頃だった。疲れ切った様子で香水瓶を出窓のところに置いて、恐ろしいものから逃げるように厨房に入っていった。久美は苦笑いしながらついていく。

「災難でしたね、荘介さん。でも十二時間も立ちっぱなしにならなくて良かったですね」

「そうだね。あやうく立ったまま寝なければいけなくなるところでした」

「でも香水の香りの中で寝るって、なんだかゴージャスなイメージです」

「マリリン・モンローみたいだよね」

「人の名前ですか？　マリリン・モンローって」

「知りませんか、モンロー」

「はい。有名な人ですか？」

「戦後から六十年代初めまで活躍したアメリカの女優です。世界的な人気があったんです。久美さんの年代だと話題に上らないんですね」

「聞いたことがあるような気もしてきました……。それで、モンローさんは香水をつけて寝てたんですか？」

「そういう逸話があるんです。インタビューしていた記者が『夜は何を着て寝ているのか？』

と尋ねた」

「え、それってセクハラになりませんか」

「今ならね。けれどモンローは余裕で『シャネルの五番よ』と答えたそうだよ」

「それはかっこいい。大人の女、ですね。その『シャネルの五番』っていう香水、私は嗅いだことないですけど、モンロー的な香りなんですね」

「そうだね。選ぶ香水でその人の人柄がわかるものなのかもしれないね」

久美は顎に手を当てて考えこんだ。

「久美さん、どうかしましたか」

「あの香水なら、どんな人に似合うのかなって思って」

「久美さんはどう思いますか」

「明るくて、ちょっと抜けたところもあって、かわいくて。でもいつもはしっかりした仕事のできる女の人。そんな感じがします」

「それは久美さんみたいだね」

「私ですか？」

「うん。見事に久美さんを言い表していたよ。そう思うと、また香水を振りかけてみるのもいいかと思えるね」

久美は軽く首をかしげる。

「なんでですか？」

「久美さんに包まれて、ずっと一緒にいられるでしょう」

荘介はやわらかく微笑んで久美を見つめた。久美は真っ赤になったが視線はそらさない。

「私は毎日、荘介さんの香りに包まれてます」

「僕の香り？」

「はい。お店のお菓子の香りは、荘介さん、そのものですから」

荘介は恥ずかしそうに鼻の頭を掻いて、そっぽを向いた。久美は荘介のそんな姿が普段と違いかわいくて、思わず笑顔になる。荘介は恥ずかしさを隠すように話題を元に戻す。

「人物をイメージして、そこから考えていく方法はありかもしれないですね」

「イメージしてどうするんですか？」

「あの香水のイメージのお菓子を作るんですよ。斑目が持ってきてくれた注文です」

「わあ、ありがたいですね。それで、荘介さん、何を作るんですか？」

「大人向けのプディングにしようかと思います」

荘介はさっそくコックコートを身につけるとプディングを作りはじめた。久美は着込んでいた上着を脱いで、作る過程を見ていくことにした。

「いつものプリンとは違うものにするんですか？」

「うん。店に出している『こぶたプリン』は、どちらかというと子ども向けで甘めだからね。あの香水は久美さんみたいな大人の女性に合うでしょう」

「私、大人ですか？」

久美が嬉しそうに聞くと、荘介は笑顔で頷いた。

卵、牛乳、砂糖、それだけを準備して牛乳を火にかけ、温める。卵を溶いて泡立つ直前までよく混ぜる。そこに白身だけを足しさらに撹拌《かくはん》し、濾してなめらかにする。

温まった牛乳に少量の砂糖を溶かし、卵液も注ぎ入れ、また濾す。ガラス製のプリン型に流し込み、蒸し上げる。

「いつ見てもプリンって簡単なお菓子ですよね」

「その分、蒸したり焼いたりするときに気を遣うけどね。でも材料の配合や違う食材を入れて変化させたり自由度は高い。プディングは面白いお菓子だよ」

「プリンとプディングって違うものなんですか？」

「同じです。プリンは和製英語で、プディングは英語の日本語読み。それだけの違いだよ。けれどプリンというとお菓子のことだけを指すけれど、プディングと言うとイギリス料理の一種を指す場合があるんだ」

「イギリス料理？」

「小麦粉や卵、バター、肉、米など、とにかくなんでも型に入れて蒸したり焼いたり煮たりして固めた料理のことだよ」

「乱暴な分類ですね。なんでもかんでもプディングって呼んじゃうなんて」

「日本でも、煮物とか揚げ物とかで分類するから、そういうイメージなのかもしれないね。

……さて、そろそろプディングも蒸し上がったと思うよ。試食しますか？」

「もちろんです！」

久美はあつあつの容器を布巾で包んで持ちあげると、薄い黄色のふるふると揺れるプディングをスプーンで少しだけすくいとって、ふうふう吹いてから口に入れた。二、三度咀嚼《そしゃく》した後、眉根を寄せた情けない表情になった。

「荘介さん、プリンの味がしません。牛乳と卵がちょっと甘いっていうだけです」

「うん。じゃあ、この香りを嗅いでみて」

店の名刺に件の香水を振りかけたものを受け取ると、久美は胸いっぱいに甘い香りを吸い込んだ。

「それで食べてみてくれるかな」

言われたとおりに味気ないプディングを口に入れて、久美は目を丸くした。

「あれ？　後口が爽やか。オレンジのパンナコッタみたいな味がする。え、なんで？」

「香りは味覚の大事な要素だからね。たとえば、バニラビーンズ自体に味はないけれど、バニラ味ってあるでしょう。香りは味わえるんだ。この場合は、香水の甘い香りが、プディングという形にまとめて、素材自体が持っている味以上の効果を生み出している」

「でも、鼻の中の香りと口の中の香りは違うんじゃないですか？」

「久美さんは味わってみてどうだった？」

「新鮮で面白かったです。嗅ぐ前より薄味のプリンも卵と牛乳の味がよくわかって、丁寧に食べられる気がしました」

「そういう人を、どう思うかな。新鮮で、面白くて、味わいがあって、丁寧に生きている香り立つ女性」

「すてきです。私もそういう女性になりたいです」

荘介は明るい久美の言葉を聞いて満足げに頷いた。久美は真顔で片手を挙げる。

「荘介さん、香り立つ私から質問があります」

「はい、なんでしょう」

「このプディング、いくらなんでも地味じゃないですか？」

「それなら大丈夫。見た目でも味わえるように、こんなものも用意してみました」

荘介が取りだしたのは一枚の白い繊細なレース。プリン型の蓋にちょうど良さそうなサイズだった。

「わあ、きれいなレースですね。型に巻くんですか？」

「いいえ、こうします」

久美が持っているあつあつのプディングの上に、レースがひらりと置かれた。

「え？　私はこれをどうすれば……」

戸惑った久美が見つめている間に、レースはみるみる溶けていく。

「ええ！　これ、お砂糖ですか！」

「シュガーベールというシュガーアートの一種です。砂糖で花や人形を作るように、レースをかたどるんですよ」

「でも溶けちゃいましたね、

「商品は冷えた状態で提供するからね」きちんとレース状のまま食べられるよ」

「私もレース状のまま食べてみたかったです……」

スプーンをくわえて、しゅんとした久美に、荘介は二つ目のプディングを掲げてみせた。

「まだありますから、冷ましたらシュガーベールをのせましょう。久美さんの好きな模様を選んでいいですよ」

久美はうっとりと目を細めてレースを選びはじめた。乙女な一面を見せた久美を、荘介は宝物を見るように優しく眺めていた。

＊＊＊

ホテルのバンケットホールを使ったパーティー会場は香水の香りに包まれ、部屋の端から端までどこへ行っても甘酸っぱい。斑目はその匂いと着慣れないテーラードジャケットの窮屈さに辟易しながら、それでも営業活動のために笑顔を作り、会場中を飛び回った。

「斑目さん、今日は本当にありがとうございます」

スイーツピンクの社長、高坂貴子《こうさかたかこ》に挨拶に行くと、貴子はシャンパングラスを片手に、にこやかに斑目の手を取った。四十代後半とは思えないスレンダーな体に、ピンクゴールドの細身のドレスがよく似合っている。

「香水をイメージしたお菓子と言ったらすごく甘いものが出てくると思っていたから、意外でした。香水を活かす味付けにしてくださるなんて感激です。それにお砂糖のベールもすてき。わが社のコンセプトにぴったりです」

斑目も常にない営業用の顔で答える。

「名前も売れていない小さな菓子店を信用していただいて、こちらも感激いたしました。店主も喜んでおりました」

「信用しているのは斑目さんの舌です。きっとすばらしいものを選んでくださると思っていました。期待通りです。そうそう、地元誌の『ぐっじょぶ』の編集長がいらしてるんですよ、ご紹介させてください」

「ぜひ、お願いします」

斑目は新しい仕事先をつかめそうだと、心の内でにやりと笑った。


「おかげで仕事がうまくいった」

昼下がりの『お気に召すまま』で久美が淹れたコーヒーを飲みながら、斑目は満足そうに笑う。久美も斑目の前に座って嬉しそうにしている。

「こちらこそ、いい仕事を持ってきてくださって、ありがたかったです。また『スイーツピンク』さんから大口のご注文をいただけるかもしれないですもん。期待しちゃいます」

「これで久美ちゃんの俺に対するツンもだいぶ和らぐんじゃないか？」

「あら、いつ私がツンツンしました？　私はいつでも優しく愛らしくしてますよ」

「そうかい、そうかい。俺の勘違いだったかな」

「そうですよ。私はこの店に必要とされるプディングみたいな女性ですから」

「なんだ、それ？」

「どんな香りも自分の良さに変えられる魔法を持ったプディングなんです」

斑目はにやにやと久美の顔を下から覗き込む。

「俺はまたぷるぷる揺れるところがプリンっぽいのかと思ったよ」

「ぷるぷる？」

「そう。両手をぷるぷる震わせてよく怒る。それに、店の定番の『こぶたプリン』に似てるところとかな」

久美はぷうっと頬を膨らませた。その頬は確かに粉砂糖で描かれたこぶたの絵の丸いほっぺにそっくりだった。

「もう、斑目さん、好かーん！」

両手を突き上げる久美から逃げだして、斑目は子どものように笑いながら店の外へ駆けていった。

あとがき

『万国菓子舗　お気に召すまま』の二冊目の本になります。

前作より少しだけ成長した荘介達をご覧いただけることになって、本当にうれしいです。彼らは相変わらず元気にやっています。

今作は斑目に大きくスポットライトが当たっています。主人公の荘介と幼馴染みで久美をからかうのが大好きな、いつもふざけてばかりの彼ですが、長い人生、彼にも色々なことがありました。どんな経験をしてきて、彼がどういう人間なのかを知っていただけたら幸いです。

マカロンの箱を開けると、様々な色のころんと丸い子たちに出会えます。どれが一番甘いか、どれが一番美味しいか、どれが一番苦味があるか、色を見て判断するけれど、たまに想像と全然違う味にあたってびっくりすることがあります。薄黄色のマカロンをレモンかな？と思って食べたらマンゴー味だった、とか。フランボワーズ味だと思ったのは当たったけれど、食べてみたらなんだかあまり好みじゃなかった、とか。そんなこともあるけれど、それでもマカロンを好きなことには変わりない。人生ってそういうところがあるのかな、と思います。どれを食べても確かにマカロンで、でもどれもまったく違う味わいで。

今回、タイトルにもなっている、薔薇のお酒。作り方はとっても簡単なのです。薔薇の花びらと氷砂糖とホワイトリカーを瓶に詰めて、ゆっくりと寝かせるだけ。それだけなのに、薔薇の香りは花よりもなお芳醇に、ロマンを秘めた薔薇色のお酒になります。ホワイトリカーはツンとするだけだったアルコールから、薔薇の力を借りて女王の風格を身にまとうのです。変わらぬことにも変わることにも、大切なのは『時間』なのかなと思います。

大正時代から変わらぬ姿であり続ける『お気に召すまま』も二代目の荘介が継いでから、色々な歴史を刻んできています。おじいさんの思い出や、久美が小さい頃に荘介と出会ったこと、苦しいこと、辛いこともたくさんあって。それでも嬉しいこと楽しいことを少しずつ少しずつ積み重ねて。久美が毎日磨くショーケースのようにピカピカで、荘介が作りだすお菓子たちみたいに優しくて、そんなお店がここにあります。

今日も新しいお菓子を準備して、あなたのご来店を心よりお待ちしております。

二〇一六年八月　溝口智子

この物語はフィクションです。
実在の人物、団体等とは一切関係がありません。
本作は、書き下ろしです。

■参考文献

『お菓子の由来物語』猫井登（幻冬舎ルネッサンス）
『科学でわかるお菓子の「なぜ？」基本の生地と材料のＱ＆Ａ２３１』
辻製菓専門学校 監修 中山弘典、木村万紀子 共著（柴田書店）
『子ども虐待』西澤哲（講談社）
『児童虐待 現場からの提言』川崎二三彦（岩波書店）

溝口智子先生へのファンレターの宛先

〒101-0003 東京都千代田区一ツ橋2-6-3 一ツ橋ビル2F
マイナビ出版 ファン文庫編集部
「溝口智子先生」係

ファン文庫

万国菓子舗　お気に召すまま
～薔薇のお酒と思い出の夏みかん～

2016年8月20日　初版第1刷発行

著　者	溝口智子
発行者	滝口直樹
編集	水野亜里沙（株式会社マイナビ出版）　佐野恵（有限会社マイストリート）
発行所	株式会社マイナビ出版
	〒101-0003　東京都千代田区一ツ橋2丁目6番3号　一ツ橋ビル2F TEL 0480-38-6872（注文専用ダイヤル） TEL 03-3556-2731（販売部） TEL 03-3556-2733（編集部） URL　http://book.mynavi.jp/

イラスト	げみ
装　幀	徳重甫＋ベイブリッジ・スタジオ
フォーマット	ベイブリッジ・スタジオ
DTP	株式会社エストール
印刷・製本	図書印刷株式会社

 ISBN978-4-8399-6030-8
Printed in Japan